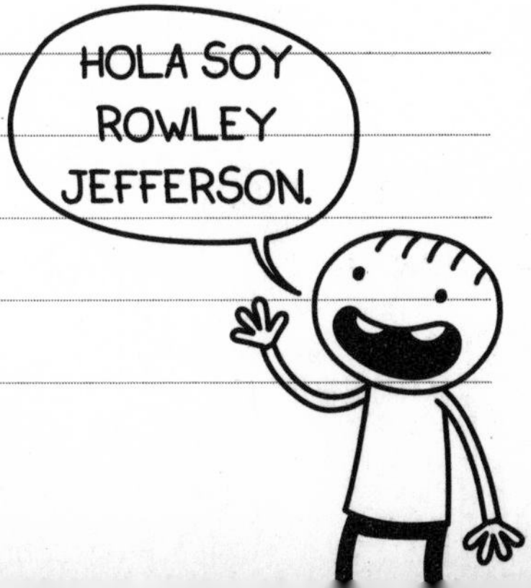
HOLA SOY ROWLEY JEFFERSON.

AQUÍ ESTÁN ALGUNOS LIBROS DE MI MEJOR AMIGO GREG HEFFLEY.

LOS LIBROS DEL DIARIO DE GREG

¡SÍ! ¡Y LUEGO ME ROBASTE DESCARADAMENTE LA IDEA!

DIARIO DE ROWLEY

¡Un chico superamigable!

YO MISMO ESCRIBÍ EL TEXTO Y DIBUJÉ LAS ILUSTRACIONES TODO SIN AYUDA DE NINGÚN ADULTO

¡Ahora hablo yo!

Jeff Kinney

DE ACUERDO PERO ¿QUIÉN ES ESTE TIPO?

RBA
LECTORUM

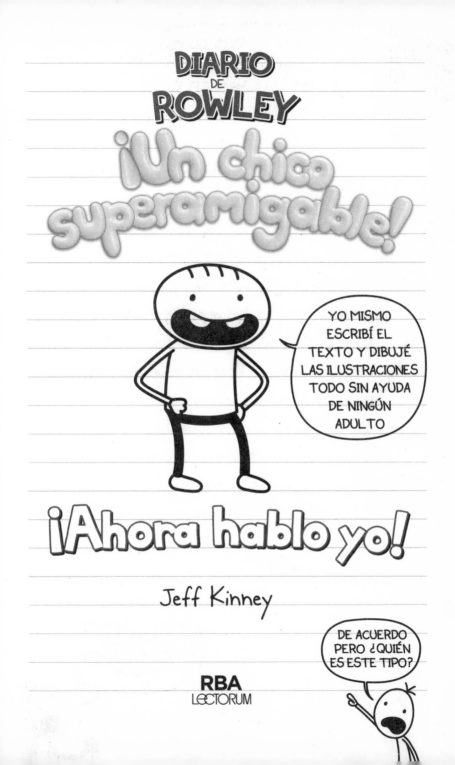

EL DIARIO DE ROWLEY
UN NIÑO SUPERAMIGABLE
¡AHORA HABLO YO!

Originally published in English under the title DIARY OF AN AWSOME FRIENDLY KID ROWLEY JEFFERSON'S JOURNAL

Awsome Friendly Kid text and illustrations copyright©2018, 2019 by Wimpy Kid, Inc. DIARY OF AN AWSOME FRIENDLY KID™, ROWLEY JEFFERSON'S JOURNAL™, the Greg Heffley design™, and the design of the book's cover are trademarks and trade dress of Wimpy Kid, Inc. All rights reserved.

Cover design by Jeff Kinney, Lora Grisafi, and Chad W. Beckerman Book design by Jeff Kinney

This edition published by agreement with Amulet Books, a registered trademark of Harry N. Abrams, Inc. Portions of this work were previously published as part of a promotion for Scholastic in the U.S. and for World Book Day by Penguin in the U.K.

In this book, the author has intentionally left out some commas to lend credibility to the character's lack of sophistication.

Translation copyright ©2019 by Esteban Morán
Spanish edition copyright ©2019 by RBA LIBROS, S.A.

Lectorum ISBN: 978-1-63245-784-4
Legal deposit: B-11.684-2019
Printed in Spain
10 9 8 7 6 5 4 3 2 1

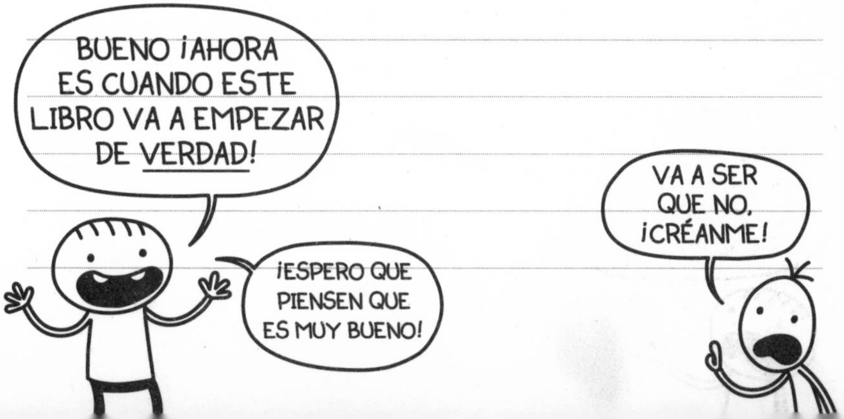
BUENO ¡AHORA ES CUANDO ESTE LIBRO VA A EMPEZAR DE VERDAD!
¡ESPERO QUE PIENSEN QUE ES MUY BUENO!
VA A SER QUE NO, ¡CRÉANME!

Mi primera anotación

Hola soy Rowley Jefferson y este es mi diario.
Espero que les haya gustado hasta ahora.

He decidido empezar un diario porque mi
mejor amigo Greg Heffley tiene uno y solemos
hacer las mismas cosas. Ah sí debería decir que
Greg y yo somos

Seguro que pensarán: «Bueno, pues
cuéntanos algo más sobre ese tal Greg».
Pero mi libro no trata de ÉL, trata de MÍ.

El motivo por el que lo he titulado «Un chico superamigable» es que mi papá siempre dice eso de mí.

Como ya he comentado antes, Greg es mi mejor amigo y eso hace que mi papá sea mi SEGUNDO mejor amigo. Pero nunca se lo diré porque no quiero herir sus sentimientos.

Ya que estoy hablando de mi papá debería decir que no parece que Greg le guste demasiado. Y si tengo esa impresión es porque mi papá no para de repetirlo.

Pero eso es solo porque mi papá no capta el sentido del humor de Greg.

Seguro que piensan algo así: «Eh Rowley se suponía que este libro iba a tratar acerca de TI». Tienen razón así que desde ahora prometo que aquí va a haber Rowley para dar y tomar.

Lo primero que tienen que saber sobre mí es que vivo con mi mamá y con mi papá en una casa situada en lo alto de la calle Surrey, que es la misma calle en la que vive mi mejor amigo Greg.

Ya he hablado sobre mi papá pero mi mamá también es genial porque me alimenta con comida sana y me ayuda a ir siempre bien limpito.

RAS
RAS

Todas las mañanas voy caminando al colegio con mi amigo Greg. Es fantástico cuando nos juntamos pero a veces hago cosas que le molestan.

Pero lo que REALMENTE pone a Greg de los nervios es cuando lo imito. Por eso tal vez no le diga nada de este diario porque se pondrá como loco. Todavía no sé qué haré.

De todos modos escribir este libro es un trabajazo así que eso es todo por hoy. Pero mañana hablaré más de Greg porque como ya he dicho somos grandes amigos.

<u>Mi segunda anotación</u>

Pues tengo malas noticias: Greg ya sabe lo de mi diario.

Supongo que me sentía tan orgulloso de tener mi propio diario que quise enseñárselo. Pero tal como había previsto, se ENOJÓ muchísimo.

Greg dijo que yo lo había copiado por toda la cara y que me iba a demandar por robarle la idea. Yo le dije bien pues bueno pues vale puedes INTENTARLO pero no eres la PRIMERA persona que escribe un diario.

Entonces Greg dijo que se trata de unas
MEMORIAS y no de un diario y luego me pegó
con mi propio libro.

Le dije a Greg que si seguía comportándose
como un tonto dejaría de escribir cosas
buenas sobre él en mi diario. Entonces
le enseñé lo que llevaba escrito.

Al principio pareció molesto porque yo
siempre me olvido de dibujarle narices a la
gente. Pero luego dijo que mi libro le había
dado una IDEA.

Greg dijo que un día será rico y famoso
y que todo el mundo querrá conocer la
historia completa de su vida. Y dijo que yo
podría ser quien la ESCRIBIERA.

Le dije que pensaba que para eso ya
está su DIARIO y él me dijo que esa es su
AUTObiografía pero que mi libro podría ser
su BIOGRAFÍA.

Greg dijo que algún día habrá un MONTÓN
de biografías sobre él pero que me estaba
dando la oportunidad de escribir la primera.

Pensé que eso parecía una buena idea porque
soy el mejor amigo de Greg y nadie lo conoce
mejor que YO.

Así que comenzaré este libro otra vez con un
nuevo título y ahora el personaje principal no
seré yo sino Greg. Pero no se preocupen porque
yo también pienso aparecer mucho.

DIARIO

DE GREG

HEFFLEY

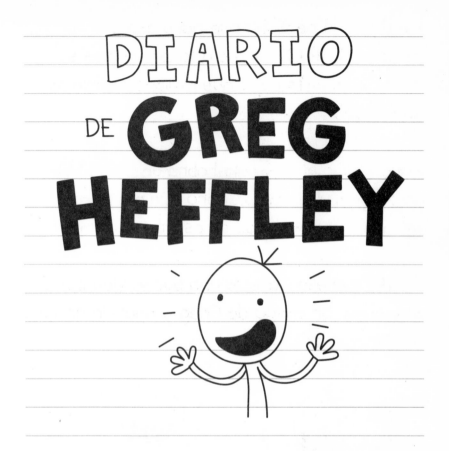

Por el mejor amigo
de Greg Heffley

Rowley Jefferson →

PRIMEROS AÑOS

La mayoría de las biografías de presidentes y famosos en general comienzan con un capítulo titulado «Primeros años». Bueno el problema que tengo es que conocí a Greg en cuarto grado así que no sé mucho de lo que le ocurrió antes de eso.

He visto algunas fotos colgadas en las paredes de la casa de Greg y solo puedo decir que fue un bebé normal. Y que viendo esas imágenes es imposible saber si realmente hizo algo importante cuando era pequeño.

En cualquier caso saltemos hasta poco antes de comenzar cuarto grado y ahora esta biografía será mucho más detallada.

Vivíamos en un estado diferente pero mi papá consiguió un trabajo y tuvimos que trasladarnos. Mi familia compró una casa nueva en lo alto de la calle Surrey y nos mudamos allí durante el verano.

Los primeros días casi no salía de casa porque me asustaba un poco estar en un sitio nuevo.

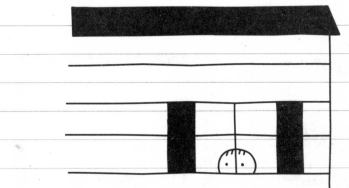

Sé que a lo mejor se preguntan: «Bueno ¿y cuándo va a conocer a Greg?» pero esperen un poco porque ya estoy llegando a esa parte.

Mi mamá me sugirió que intentara hacer algunos amigos y para ayudarme a conseguirlo incluso me compró un libro titulado «Cómo hacer amigos en sitios nuevos».

El libro tenía chistes del tipo «¡Toc-toc! ¿Quién es...?» para ayudar a un chico como yo a conocer gente nueva. Pero los trucos del libro no sirvieron con Greg.

Por suerte Greg y yo nos hicimos amigos de todos modos.

Le dije a Greg que vivía en la casa nueva que hay en lo alto de la colina y él dijo que eso era mala cosa para mí porque cuando nuestro solar estaba desierto había puesto una bandera allí y ahora él era el propietario de mi casa y de todo lo que había en ella.

Pero más tarde mi papá me dijo que eso no era cierto y se fue a casa de Greg para recuperar mi bici.

Estoy seguro de que aquella fue la primera ocasión en que mi papá me dijo lo que pensaba de Greg.

Pero a mí me gusta MUCHO Greg. Siempre se le ocurren cosas graciosas con las que hacerme reír cuando tengo la boca llena de leche.

Además Greg siempre me gasta bromas disparatadas con las que también me parto de risa.

Así que ya se imaginarán por qué Greg y yo somos mejores amigos desde cuarto grado. Incluso conseguí un par de colgantes de «mejores amigos» para hacerlo oficial pero Greg dice que eso son cosas de niñas y que por eso no se pone el suyo.

Bien probablemente podría llenar un libro entero con todas las locuras que Greg y yo solemos hacer pero como esta es su biografía probablemente debería escribir algo sobre su familia.

Greg tiene una mamá y un papá, igual que yo, pero son unos padres muy normalitos así que no tengo mucho que contar sobre ellos.

Pero Greg no es hijo único como yo. Tiene un hermano mayor que se llama Rodrick que tiene un grupo de rock llamado Celebros Retorcidos.

En algunas de sus canciones dicen palabrotas así que no me dejan quedarme en casa de los Heffley cuando Rodrick tiene ensayo.

Greg también tiene un hermano pequeño que se llama Manny y tiene solo tres años. Y no pregunten por qué pero la primera vez que fui a casa de Greg para jugar Manny se bajó los pantalones por sorpresa y me enseñó el trasero.

Ahora cada vez que veo a Manny actúa como si ambos compartiéramos un gran secreto o algo así y eso me hace sentir incómodo.

En cualquier caso supongo que esto pone fin al primer capítulo de la biografía de Greg. Y si están pensando «Rowley ¿cuándo llegamos a las partes interesantes?» solo tienen que ESPERAR un poco.

LA PRIMERA VEZ QUE ME QUEDÉ
A DORMIR EN CASA DE GREG

Después de que Greg y yo nos conociéramos tuvimos algunas citas para jugar en MI casa y otras veces en SU casa. Ah sí, olvidaba que a Greg no le gusta nada que las llame «citas» así que trataré de cambiar eso en el próximo borrador o de lo contrario me pega de nuevo.

De todos modos Greg y yo nos pasábamos el tiempo uno en casa del otro pero entonces un día me invitó a DORMIR en su casa.

Yo estaba muy preocupado porque nunca antes había dormido fuera de casa. De hecho ni siquiera dormía en MI cama porque tenía miedo.

Le dije a mi mamá que no me quedaría en casa de Greg pero me sentí MEJOR cuando dijo que podía llevarme a Carrots conmigo.

Cuando llegué a casa de Greg jugamos un rato en su habitación pero a eso de las 9:00 la señora Heffley nos dijo que ya era hora de irse a la cama. Y dijo que teníamos que dormir en el SÓTANO. Me puse SUPERnervioso porque los sótanos son muy siniestros.

En cuanto la señora Heffley apagó la luz, Greg dijo que tenía que contarme algo importante. Me dijo que hay un ser mitad hombre y mitad cabra que habita en los bosques cercanos a nuestro vecindario así que tal vez no debería salir solo durante la noche.

Escuchar semejante noticia NO me hizo muy feliz y realmente quise que alguien les hubiera contado a mis padres lo de ese tipo con aspecto de cabra antes de mudarnos a este barrio.

Lo del hombre cabra me dejó TOTALMENTE aterrado así que me escondí debajo de las sábanas. Creo que Greg también estaba aterrado porque se deslizó debajo CONMIGO.

Entonces de pronto se escuchó un ruido espeluznante justo en la ventana y sonó exactamente igual que como habría sonado un ser mitad hombre y mitad cabra.

Greg y yo no queríamos que el hombre cabra nos devorara así que salimos de allí lo más rápido que pudimos.

Pero de todos modos casi nos matamos al atropellarnos mientras subíamos por la escalera.

Nos encerramos en el cuarto de la lavadora para que el hombre cabra no nos pudiera atrapar. Pero entonces descubrimos que para NADA era un hombre cabra, solo era Rodrick el hermano de Greg que nos gastaba una broma.

De acuerdo lo que viene ahora resulta
embarazoso pero como se trata de una
biografía tengo que contar toda la verdad.
Me hice pis en los pantalones cuando estábamos
en el sótano y oímos aquellos ruidos ahí fuera.

La señora Heffley me prestó una muda de ropa
interior de Greg pero era demasiado pequeña.
Así que mi papá tuvo que venir para recogerme
y llevarme a casa a las tantas de la noche.

Pasó mucho tiempo antes de que me dejaran
volver a casa de Greg para quedarme
a dormir, pero esa es una historia MUCHO más
larga y ni siquiera estoy seguro de que quepa
en este libro.

LA VEZ EN QUE SALVÉ A GREG DE LA FIESTA DE CUMPLEAÑOS DE TEVIN LARKIN

Hay un chico llamado Tevin Larkin que vive en la calle Speen. El verano pasado su mamá nos invitó a Greg y a mí a la fiesta de cumpleaños de Tevin. No queríamos ir porque Tevin va siempre muy acelerado pero nuestras mamás dijeron que TENÍAMOS que hacerlo.

Resulta que Greg y yo éramos los ÚNICOS invitados a la fiesta de Tevin pero no lo supimos hasta que llegamos allí.

Después de abrir los regalos su mamá sugirió empezar las actividades de la fiesta.

La primera actividad era ver una película
de un tipo que se podía transformar en oso
y en águila y en muchos animales más.

Cuando la película terminó Tevin quiso verla
OTRA VEZ. Pero Greg y yo le dijimos
a la mamá de Tevin que no queríamos ver
la película una segunda vez, así que ella dijo
que podíamos cambiar a otra actividad
como jugar a ponerle la cola al burro.

Bueno esto ENLOQUECIÓ a Tevin.

Se alteró y empezó a actuar como el tipo
de la película que podía transformarse
en animales.

Me figuro que la mamá de Tevin estaba
acostumbrada a este tipo de cosas pero Greg
y yo no sabíamos qué hacer. Le preguntamos
a la señora Larkin si podía llevarnos a casa
pero ella dijo que todavía faltaban dos horas
para que la fiesta se acabara.

Así que decidimos salir por la puerta
trasera y esperamos en el jardín a que
Tevin se calmase.

Tevin nos encontró al fin y empezó a
comportarse como si hubiera perdido la CABEZA.

Retrocedí unos pasos para apartarme
del camino de Tevin pero entonces me caí en
una cuneta. Por suerte la cuneta no era
DEMASIADO profunda o de lo contrario
me habría roto unos cuantos huesos. Pero
cuando me puse de pie escuché un zumbido
a mi alrededor.

Resulta que había un NIDO DE AVISPAS en el
fondo de la cuneta y estaban alteradísimas.

Recibí por los menos doce picaduras y dos de ellas en la BOCA.

La señora Larkin me llevó a casa sin demora y Greg se sumó al viaje.

De todos modos Greg siempre dice que «está en deuda conmigo» por haberlo sacado de aquella fiesta y yo lo escribo en este libro por si alguna vez tuviera que recordárselo.

LOS LOGROS DE GREG

Todas las biografías que he leído para el cole tienen un capítulo titulado «Logros» así que me imagino que lo mejor será añadir eso aquí antes de que se me olvide.

El problema es que Greg es solo un chico y la mayoría de sus logros aún no se han producido. Por lo tanto dejaré aquí un espacio en blanco y lo rellenaré más adelante.

1.

2.

3.

4.

5.

6.

7.

8.

9.

10.

LA OCASIÓN EN QUE GREG Y YO PROFANAMOS UN ANTIGUO CEMENTERIO

Si los asustó la historia del hombre cabra harían bien en saltarse esta. Si todavía están leyendo, recuerden que les advertí.

En cierta ocasión Greg y yo estábamos jugando a vikingos y ninjas en el bosque y entonces llegaron varios adolescentes y nos fastidiaron la diversión.

PERO ESTA AÚN NO ES LA PARTE TERRORÍFICA así que sigan leyendo.

Greg y yo nos adentramos en el bosque para alejarnos de aquellos gamberros. Greg dijo que podríamos construir un fuerte para protegernos por si se les ocurría buscarnos.

Así que nos pasamos el resto de la tarde haciendo un fuerte con palos y troncos.

Greg dijo que deberíamos poner piedras en nuestro fuerte por si la situación se volvía REALMENTE desesperada, pero estaba empezando a oscurecer y no había muchas piedras tiradas por el bosque.

Pero entonces tropecé con algo. Adivinen de qué se trataba. Era una enorme ROCA.

Le dije a Greg que creía que me había torcido un tobillo pero la roca le interesaba mucho más que mi lesión.

Greg dijo que no era una roca, sino una LÁPIDA y que habíamos profanado un ANTIGUO CEMENTERIO.

Imagino que todo esto ya lo veían venir porque lo digo en el título de este capítulo. Tal vez lo cambie después para no echar a perder la sorpresa.

En cualquier caso a Greg y a mí nos ATERRORIZABA ese antiguo cementerio y como ahora era NOCHE CERRADA estábamos todavía más asustados. Pero Greg se debió de olvidar por completo de mi tobillo ya que salió corriendo y yo no podía seguirlo.

ZUM

Esperé durante horas a que Greg regresara pero no lo hizo.

Por suerte mis padres llamaron a casa de Greg
para preguntar dónde estaba yo y eso lo ayudó
a recordar que yo seguía allí fuera.

Una muestra de lo buen amigo que es Greg
es que les prestó a mis padres su linterna
y les indicó la dirección exacta donde podrían
encontrarme.

UNA HISTORIA TODAVÍA MÁS TERRORÍFICA

Bueno ya que estamos con historias de miedo quiero contar una que me sucedió hace un par de años.

Yo estaba pasando el fin de semana con mi papá en la cabaña de troncos de mi abuelo. Nos fuimos de excursión y me ensucié bastante. Bueno siendo rigurosos era la cabaña de mi PAPÁ porque mi abuelo había fallecido el año anterior.

Yo solía llamar «Abu» a mi abuelo. Esto se debe a que cuando tenía solo dos años era incapaz de decir «abuelito».

¡ABU!

Luego crecí y, aunque ya era CAPAZ de decir «abuelo», nadie me permitió cambiar esa costumbre. Y cuando mi abuelo murió fue la única palabra que dijo.

De todos modos volvamos a la historia. Volví muy sucio de la excursión y mi papá me mandó directo a la ducha.

Pero la cabaña de Abu es muy antigua y no TIENE ducha, solo una de esas viejas bañeras del año de Matusalén.

Llené la bañera con agua, me metí en ella y ahora les voy a contar lo SIGUIENTE que ocurrió. Escuché unos pasos procedentes del pasillo y pensé que era mi papá que venía para traerme una toalla o algo así.

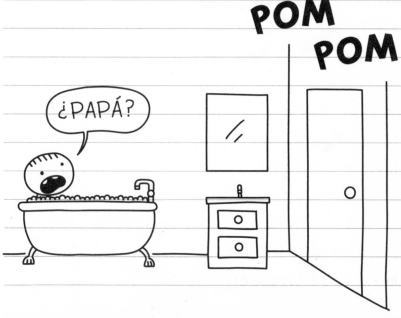

POM

POM

POM

¿PAPÁ?

Entonces la puerta se abrió muy despacio, y ¿adivinan lo que pasó? ¡NO HABÍA NADIE!

ÑIAC

Salí de la bañera y recorrí la casa de arriba abajo buscando a mi papá por todas partes.

Y si están pensando «Oh Rowley lo de la puerta era tu papá que te estaba gastando una broma», ¿saben qué les digo? Que NO ERA mi papá.

Mi papá estaba comprando leche en la tienda y volvió media hora después.

Le conté lo ocurrido con la puerta y dijo que sería una «corriente de aire».

Pero yo sé que había sido: el FANTASMA DE ABU.

¡ABU!

CUANDO GREG ME GASTÓ
UNA BROMA MUY GRACIOSA

De acuerdo ya sé que en el capítulo anterior no aparece Greg pero quería contar esa historia muy deprisa porque lo del fantasma de Abu me había dejado totalmente ATERRORIZADO.

Si les gustan las historias de miedo están de suerte porque esta también es de mucho miedo.

Un día Greg y yo estábamos pasando el rato en mi casa y Greg me dijo que había visto en las noticias que andaba suelto un ladrón que entraba en las casas de la gente.

Entonces dijo que tenía que volver a casa
para cenar. Cuando se marchó empecé a
asustarme porque mis padres estaban fuera.

Pero aquí viene el meollo: luego me enteré de
que Greg solo había FINGIDO que se iba. Había
cerrado con fuerza la puerta principal pero
se quedó dentro de mi casa.

Se quitó los zapatos y subió por las escaleras sin
hacer nada de ruido para que yo no le pudiera oír.

Entonces se puso a dar unos pisotones muy
fuertes en el piso de arriba. Al principio pensé
que el fantasma de Abu había vuelto.

Luego me di cuenta de que tal vez se tratara de ese LADRÓN del que me había hablado Greg y casi me hago pis en los pantalones por segunda vez en esta biografía.

Entonces escuché pasos que bajaban por las escaleras y corrí al garaje para esconderme del ladrón.

La OSCURIDAD en el garaje era total pero
no quería moverme de allí hasta estar seguro
de que aquel tipo se había marchado.

De pronto la puerta del garaje empezó a
abrirse muy despacio y supe al instante que
el ladrón me iba a atrapar si no hacía algo
enseguida. Así que le pegué bien fuerte en la
cara con la raqueta de tenis de mi papá
y salí a toda mecha.

PLAF

Corrí hasta la puerta principal y luego a la
casa de mi vecina la señora Monroe para
pedirle que llamara a la POLICÍA.

Pero entonces Greg salió de mi casa y de ese modo supe que solo se había tratado de una de sus bromas habituales.

Greg estuvo enojado conmigo dos semanas. Según me dijo, yo debería haber sabido por la manera de pisar que se trataba de ÉL y no de un ladrón.

Pensándolo bien supongo que tiene razón porque siempre me está gastando ese tipo de bromas absurdas. Así que me siento algo culpable por haberle pegado con una raqueta de tenis.

(pero tampoco tanto)

OTRA OCASIÓN EN QUE GREG SE PUSO HECHO UNA FURIA CONMIGO

Bien esa última historia me hizo recordar otra ocasión en la que Greg se puso furioso conmigo.

Hace unos meses Greg y yo caminábamos de la escuela a la casa y había caracoles por todas partes porque había llovido mucho la noche anterior. Y siempre que hay caracoles por el suelo, Greg me persigue con uno porque sabe que los odio.

Supongo es muy divertido cuando te lo cuentan pero no lo es tanto cuando te pasa a ti.

Por suerte soy muy muy rápido cuando me persiguen con caracoles así que conseguí ponerme a salvo subiéndome a la enorme roca del jardín del señor Yee.

Greg trató de hacerme bajar pero yo me quedé donde estaba.

Greg trató de lanzarme el caracol pero perdió el equilibrio y casi se cae en un charco situado al pie de la roca. Se quedó atrapado en una situación comprometida y me sentí mal por él porque al fin y al cabo es mi mejor amigo.

Me bajé de la piedra y traté de ayudar a Greg. Me dijo que tirara de él para ayudarlo a ponerse de pie pero supongo que le entendí mal.

Lo agarré POR los pies y resultó un movimiento estúpido.

CATAPLÁS

No sabía QUÉ iba a hacer Greg cuando saliera
de aquel charco pero no quería quedarme
para averiguarlo. Así que corrí a mi casa y me
encerré en mi habitación y no salí hasta que
llamaron a Greg para que volviera a su casa
para cenar.

Al día siguiente Greg me dijo «Te devolveré
la jugada cuando menos te lo esperes». Ojalá
Greg se olvide pronto del asunto porque
cuando se trata de vengarse es muy pero
muy imaginativo.

CUANDO GREG SE INVENTÓ
UN PREMIO ESPECIAL PARA MÍ

Bien en los últimos dos capítulos he hablado de cuando Greg se enojaba conmigo pero en este capítulo sucede todo lo CONTRARIO.

En este hablaré de cuando hice algo que Greg consideró realmente extraordinario así que él también hizo algo realmente extraordinario para MÍ.

Pues nada un sábado del otoño pasado se suponía que Greg iba a ir a mi casa a jugar pero llamó para decirme que no podía porque tenía que limpiar su garaje. Entonces me dijo que si yo iba y lo ayudaba acabaríamos el DOBLE de rápido. Pero le dije no gracias puedo esperar.

Entonces Greg dijo que si lo ayudaba me daría
la MITAD de sus dulces de Halloween.

Bien eso era un trato estupendo para mí
porque mis padres revisaron todos mis dulces
la noche de Halloween y me los quitaron casi
TODOS.

Pero sabía que Greg aún tenía un MONTÓN
de dulces porque sus padres no lo obligan
a tirar NADA. Así que le dije vale ahora mismo
voy para allá.

Limpiar el garaje de Greg fue un trabajo duro
y nos llevó unas tres horas.

Después de acabar Greg dijo listo ahora
vamos a tu casa a jugar.

Yo dije eh qué pasa con esos DULCES y
Greg dijo ah sí lo había olvidado. Pero yo
sabía que eso iba a suceder porque Greg
siempre se olvida cuando me debe algo.

Subimos a la habitación de Greg y él sacó su
bolsa de dulces del armario.

Pero cuando volcó la bolsa casi todo eran
ENVOLTORIOS.

Solo le QUEDABAN tres caramelos duros
y una cajita de uvas pasas. Le dije a Greg
que me había prometido un MONTÓN
de dulces y él dijo que solo me había
prometido la MITAD. Luego me dio un
caramelo duro y la caja de pasas.

Le dije a Greg que iba a decirle a su MAMÁ.
Y entonces Greg se preocupó de verdad
porque creía que su mamá se enojaría con él
si descubría que ya se había comido todos los
dulces de Halloween.

Greg dijo que iba darme algo MUCHO
mejor que los dulces, y tomó una hoja
de papel y un lápiz y empezó a dibujar
en su escritorio.

Cuando Greg terminó me entregó el papel y miren lo que había en él:

PREMIO

BUEN CHICO

Greg dijo que los Premios Buen Chico son SUPERescasos y que tienes que hacer algo EXTRAORDINARIO para obtener uno.

Dijo que yo era MUY afortunado porque era la primera vez que él otorgaba a alguien un Premio Buen Chico y eso iba a valer mucho dinero.

Yo sabía que Greg intentaba zafarse de darme los dulces que me debía así que traté de actuar como si pensara que el Premio Buen Chico era una tontería. Pero de algún modo Greg se daba cuenta de que yo creía que era algo ESPECIAL.

Bien aquel solo fue mi PRIMER Premio Buen Chico pero gané muchos MÁS. Durante las siguientes semanas Greg me regaló uno cada vez que yo le hacía algún favor extraordinario.

Tenía un MONTÓN de Premios Buen Chico.
Y los guardaba en una carpeta con fundas
de plástico transparente para que no se
estropearan.

Pero entonces empecé a sentir que mis
Premios Buen Chico quizá no fueran tan
escasos puesto que tenía TANTOS. Además
Greg estaba haciendo los nuevos de un modo
más descuidado de lo que había hecho el
primero y ya no me parecían tan especiales.

Así que un día Greg me llamó y me pidió que bajara a su casa para ayudarlo a rastrillar su jardín y le dije que no podía porque tenía que hacer mis deberes.

Y Greg dijo que eso era malo porque se había inventado una versión totalmente nueva del Premio Buen Chico y sentía mucho que yo no pudiera verlo.

Yo le dije bueno al menos CUÉNTAME cómo es, y Greg dijo que NO PODÍA decirme nada porque era alto secreto y no quería estropear la sorpresa.

Luego dijo que iba a llamar a Scotty Douglas para ver si ÉL quería ayudarlo a rastrillar el jardín y yo dije BUENO voy enseguida.

Desearía haber sabido que teníamos que rastrillar el jardín delantero Y TAMBIÉN el de atrás. Fue un montón de trabajo. Y tuve que hacerlo YO SOLO porque Greg estaba ocupado con ese nuevo premio.

Cuando por fin terminé Greg me dio mi premio y debo reconocer que era aún más especial de lo que yo había PENSADO que sería.

Este nuevo premio se llamaba Premio SÚPER
Buen Chico. Greg dijo que un Premio Súper Buen
Chico valía por CINCUENTA Premios Buen Chico
normales y a mí me parecía evidente el PORQUÉ.

Durante las siguientes semanas gané un
MONTÓN de Premios Súper Buen Chico
pero con el paso del tiempo dejaron de
parecerme tan especiales.

Además le dedicaba un montón de tiempo
a hacer cosas para Greg y no era capaz
de terminar mis PROPIAS tareas.

Pero cada vez que le decía a Greg que no necesitaba más Premios Buen Chico él inventaba algo NUEVO y yo me sentía obligado a tener ESO.

Después de un tiempo ya tenía tantos premios que mi carpeta estaba REPLETA y no cabían los nuevos. Así que le dije a Greg que no iba a intentar ganar nada más sin importar de QUÉ se tratara.

Pero Greg dijo que le parecía bien porque había ideado un sistema NUEVO y tal vez yo debería olvidarme de mis antiguos premios.

Me llevé una gran decepción porque había trabajado DURO para recibir esos premios y ahora Greg decía que no tenían VALOR alguno.

Pero el nuevo sistema despertaba mi curiosidad así que le pregunté sobre él. Greg dijo que la nueva idea se llamaba «Minidulces» y consistían en un sistema de PUNTOS sin necesidad de papeles.

Greg dijo que cada vez que yo hiciera algo BUENO para él ganaría un punto de Minidulces. Y cuando tuviera cincuenta Minidulces me llevaría un Premio Fantástico.

Yo estaba en plan de acuerdo pero ¿cuál es el premio? Y Greg dijo que no podía decírmelo pero que estaba debajo de una sábana en su habitación.

Bien no podía saber qué había debajo de la sábana pero podía tratar de ADIVINARLO. Y todo lo que se me ocurría, me ENCANTABA.

Así que me pasé casi un mes haciendo montones de cosas para Greg y cada vez él me daba un Minidulce, como había prometido.

Por fin reuní cincuenta Minidulces. Y le dije a Greg que estaba listo para canjearlos por ese Premio Fantástico.

Pero Greg me dijo que como ya era el primer día del mes mi contador de Minidulces se había puesto en CERO. Y yo dije bueno no me habías hablado de esa regla y él dijo bueno tampoco me lo PREGUNTASTE.

Yo estaba realmente ENOJADO y tiré de la sábana para ver en qué consistía el Premio Fantástico.

Pero ¿saben qué? Debajo de la sábana había una CESTA llena de ropa sucia.

Le dije a Greg que había que ser mal amigo para obligarme a hacer todo ese trabajo a cambio de un premio falso. Pero él dijo que lo de la cesta de ropa sucia solo había sido una PRUEBA para ver si yo miraba y que no la había pasado.

Después dijo que el VERDADERO premio estaba guardado en el sótano y que ahora tenía que conseguir CIEN Minidulces para obtenerlo.

Yo solo digo que no soy TONTO. Pienso tomarme mi TIEMPO para ganar esos Minidulces, así que si Greg se cree que tengo prisa por llevarme ese Premio Fantástico va a llevarse un chasco.

CUANDO DESCUBRÍ QUE GREG ES UN COMPAÑERO DE ESTUDIOS DESASTROSO

Bien sé que esta es la biografía oficial de Greg y no quiero incluir aquí comentarios negativos sobre su persona. Pero Greg si estás leyendo esto tengo que decirte que eres un compañero de estudios HORROROSO. Espero que eso no hiera tus sentimientos pero alguien tenía que decirte la verdad.

La mayoría de las veces no necesito estudiar porque siempre presto atención en clase y hago mis deberes todos los días. Además mamá siempre dice que es importante dormir bien así que entre semana me voy a la cama tempranísimo.

Pero en esta ocasión habíamos visto un tema de matemáticas realmente difícil y a lo largo de esa semana había tenido problemas para prestar atención en clase. Esto se debía sobre todo a que ahora Greg se sentaba justo detrás de mí.

La víspera del examen sabía que tendría que repasar todo el tema y practicar en casa. Pero cuando le conté mi plan a Greg dijo que deberíamos estudiar JUNTOS.

No estaba seguro de que fuera una buena idea porque cuando se trata de asuntos de la escuela a veces a Greg le cuesta mucho concentrarse.

Pero Greg dijo que somos mejores amigos y los amigos deberían estudiar juntos así que supongo que eso parecía razonable.

Bien lo PRIMERO que teníamos que hacer era encontrar un sitio donde estudiar. Greg dijo que no podíamos estar en SU casa porque el grupo de Rodrick ensayaba ese día.

Y Greg estaba vetado en MI casa desde que puso film transparente sobre la taza de nuestro retrete y había pillado a mi papá desprevenido.

Greg dijo que deberíamos ir a la BIBLIOTECA porque era un sitio tranquilo y nadie nos molestaría. Así que después de merendar la señora Heffley nos llevó en auto hasta la biblioteca y encontramos una mesa donde trabajar.

Sacamos nuestros libros y dije que quizá deberíamos hacer unos problemas prácticos para saber en qué necesitábamos mejorar. Pero Greg dijo que ni siquiera se había LEÍDO el tema así que teníamos que empezar desde el PRINCIPIO.

Eso me hacía perder mucho tiempo y le dije a Greg que podía leerse el tema por su CUENTA para ponerse al día. Pero Greg dijo que eso me convertía en un mal compañero de estudios y que se suponía que debíamos hacerlo todo JUNTOS.

Yo dije bueno de acuerdo comencemos de cero y repasamos todo el tema. Pero Greg dijo que antes de empezar necesitábamos planificar las pausas para no estresarnos demasiado.

Luego dijo que deberíamos COMENZAR con un descanso para arrancar con buen pie. Y así lo hicimos aunque a mí me parecía una mala idea.

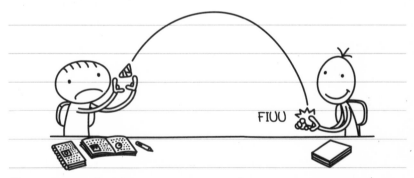

FIUU

Después de diez minutos dije tenemos que ponernos a trabajar porque es un tema largo y tenemos mucho que repasar.

Bien no me pregunten por qué pero Greg se tapó la nariz con los dedos y dijo exactamente lo mismo pero con una voz realmente irritante.

Le dije a Greg que dejara de imitarme pero solo conseguí que me imitara MÁS todavía.

Al final hice lo más sensato y empecé a leer
el tema en voz alta.

LOS ÁNGULOS DE UN
TRIÁNGULO SUMAN
180 GRADOS.

LOS ÁNGULOS DE UN
TRIÁNGULO SUMAN
180 GRADOS.

UN ÁNGULO RECTO
TIENE 90 GRADOS.

UN ÁNGULO RECTO
TIENE 90 GRADOS.

Al cabo de un rato Greg entendió lo que yo
estaba haciendo y dejó de imitarme.

Le dije puede que sea mejor si ambos leemos
el tema en silencio, pero Greg dijo que
ese no era su «estilo de aprendizaje»
y que necesitaba hacer que las cosas fueran
DIVERTIDAS para que se le grabaran.

Yo dije ¿qué quieres decir? Y Greg dijo
que conocía un método para convertir el
aprendizaje de las matemáticas en un JUEGO.

Empezó haciendo una bola con una hoja
de papel de un cuaderno. Dijo que nos
turnaríamos para leer unas pocas palabras
del tema y luego pasarle la pelota al otro
y así una y otra vez. Lo probamos y
supongo que funcionó durante un rato.

Pero cuando a alguno se le CAÍA la bola de
papel Greg decía que teníamos que empezar
DE NUEVO toda la página.

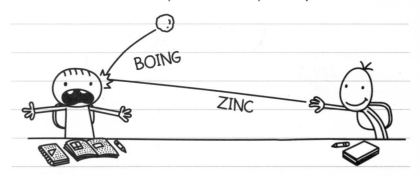

Y creo que Greg estaba tratando A
PROPÓSITO de que se me que cayera la bola.

Le dije a Greg que estábamos perdiendo demasiado
tiempo y que teníamos que hacerlo de otro
modo. Y Greg dijo que no le importaba CÓMO
estudiáramos siempre que fuera DIVERTIDO.

Así que le conté a Greg un TRUCO que mi papá
me había enseñado. Me dijo que cuando tuviera
que memorizar problemas me inventara una
CANCIÓN para hacerlo más fácil.

Entonces canté la canción que había compuesto para recordar el área de un círculo.

HABÍA UNA VEZ OCHO CONEJITOS...
QUE DABAN SALTITOS
SUBIENDO ESTA COLINA...
TRES DE ELLOS RESBALARON
Y CAYERON ABAJO...
CUATRO CONEJITOS SE CANSARON
Y SE DURMIERON...
Y EL ÚLTIMO CONEJITO LLEGÓ A LO ALTO
DE LA COLINA Y DIJO...

¡EL ÁREA DE UN CÍRCULO ES πr^2!

Greg dijo que esa era la cosa más estúpida que había oído y yo dije bien si es tan estúpido entonces ¿por qué yo saco 95 en matemáticas y tú solo 72?

Supongo que Greg no sabía cómo responder y dijo que era hora de hacer otra pausa. Así que jugamos a videojuegos en la computadora de la biblioteca hasta que un adulto se quejó a la bibliotecaria de que hacíamos demasiado ruido.

Cuando regresamos a la mesa Greg dijo
que no estábamos estudiando del modo
correcto y que sabía cómo podríamos
hacerlo MEJOR. Dijo que él leería la
PRIMERA mitad del tema y que yo leería
la ÚLTIMA mitad y luego podíamos hacer
equipo durante el examen.

Dije bien pero no está permitido HABLAR
durante el examen así que no veo cómo podría
funcionar eso. Entonces Greg me habló sobre
esos monjes que pueden transmitir
sus pensamientos por el aire si se concentran
a fondo.

Intentamos hacerlo pero no pude concentrarme lo suficiente como para que funcionara.

Greg dijo que necesitábamos descubrir una manera DIFERENTE de comunicarnos durante el examen.

Dije que si nos limitábamos a estudiar el tema no NECESITARÍAMOS comunicarnos, pero cuando a Greg se le mete algo en la cabeza no hay manera de sacárselo.

Se inventó un sistema de toses y estornudos y otras cosas para que pudiéramos hablar durante el examen sin que lo notara nuestra profesora la señora Beck. Había que recordar muchas cosas así que tomé nota de todo.

= TOSER =ESTORNUDAR

BUFF = RESOPLAR SNIFF = ASPIRAR

= GOLPEAR = PISOTEAR

1:

2:

3: SNIFF

4:

5:

6: SNIFF SNIFF

7: BUFF

8:

9:

10: SNIFF

+:

−:

÷:

×: BUFF

=:

Dije bien ¿y qué pasa si uno de los dos quiere PREGUNTARLE algo al otro? Y Greg dijo pues te limitas a poner un signo de interrogación al final. Y yo dije bueno no tenemos el equivalente de un signo de interrogación y Greg dijo que podría ser un pedo.

78

Dije que no creía que pudiera tirarme pedos sin auténtica NECESIDAD y Greg me dijo que lo intentara igualmente y lo hice pero no pasó nada.

Así que Greg me contó entonces que desayunar ciertos alimentos me ayudaría a hacer un signo de interrogación.

Pero esa idea me puso nervioso porque la última vez que fui a casa de Greg bebimos un trago de soda y tratamos de recitar el alfabeto con eructos, pero me indispuse cuando solo iba por la B y tuve que irme a casa antes de tiempo.

Greg dijo de acuerdo si no puedes tirarte pedos REALES entonces estaría bien que imitaras el sonido de un pedo debajo del brazo.

Entonces fue cuando le dije a Greg que esa no me parecía una buena idea y que hacernos señales durante el examen era HACER TRAMPAS.

Greg dijo que me estaba haciendo el niñito bueno y juicioso y que yo solo quería sacar una buena nota en matemáticas porque era el favorito de la profesora y en verdad estaba enamorado de la señora Beck.

Dije que NO estaba enamorado de la señora Beck pero que me gustan su personalidad y el aroma que desprende.

Greg dijo que eso DEMUESTRA que estoy enamorado de ella y entonces cantó una canción sobre dos personas sentadas en un árbol.

Sabía que Greg trataba de provocarme pero por alguna razón la canción no me molestó demasiado.

Supongo que a Greg le molestó que no ME molestara lo que estaba haciendo así que empezó a cantar todavía MÁS.

Traté de desconectarme pero él se puso
a cantar cada vez más y más alto.

Entonces me fui al baño y traté de estudiar
ALLÍ pero Greg me siguió.

Pero supongo que alguien más se quejó porque llegó la bibliotecaria y nos dijo que nos fuéramos de allí.

Luego dijo que si seguíamos haciendo ruido llamaría a nuestros padres para que vinieran a recogernos. Bueno eso ME parecía muy bien pero no creo que Greg tuviera ganas de irse a casa así que prometió que guardaríamos silencio.

La verdad es que ya no quería sentarme en la misma mesa que Greg así que me cambié a uno de esos pupitres con separaciones entre ellos. Pero Greg se sentó justo en el de enfrente.

Estaba empezando a trabajar a gusto cuando Greg pasó una nota por debajo de la separación.

Era una pregunta de matemáticas así que la contesté y le devolví la nota.

eh Rowley
¿cuánto
suman los
ángulos de un
cuadrilátero?

360
grados
-R

-Greg

Y entonces Greg me preguntó OTRA cosa. Pero no me importó mucho porque esto era un MILLÓN de veces mejor que la anterior manera de hacer las cosas.

Pero Greg deslizó otra vez la nota y contenía otra pregunta que no tenía NADA que ver con las matemáticas.

Elige. Estoy avergonzado por hacerme pis en la cama anoche.

☐ SÍ
☐ NO

Bueno marqué la casilla del NO porque NO me había hecho pis en la cama. Deslicé la nota a Greg pero entonces él escribió algo más y me la devolvió.

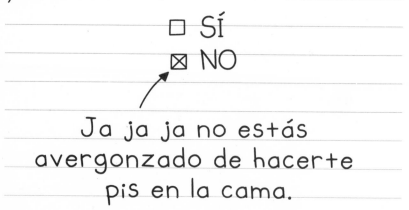

☐ SÍ
☒ NO

Ja ja ja no estás avergonzado de hacerte pis en la cama.

Eso me molestó un poco porque no me REFERÍA a eso. Pero no quería perder tiempo explicándome porque necesitaba seguir estudiando.

Así que Greg escribió otra nota y la deslizó por debajo de la separación entre los pupitres.

¿Verdadero o falso?

☐ VERDADERO ☐ FALSO

No quería que Greg me hiciera caer en la misma trampa y escogí VERDADERO. Pero no me gustó la pregunta que Greg añadió después.

☒ VERDADERO ☐ FALSO

¿Estás enamorado de la señora Beck?

De acuerdo me cambio a Falso.

Entonces Greg me mandó a buscarle una soda de la máquina expendedora. Yo no sabía que el juego de verdadero o falso FUNCIONARA así pero me alegraba de que Greg no me hiciera contestar esa pregunta.

Después de llevarle a Greg su soda estudié un poco más pero entonces empezó otra vez con las notas.

Eh Rowley
ESTE ERES TÚ

Bien ESO no me gustó nada así que le
contesté con otro dibujo HECHO por mí.

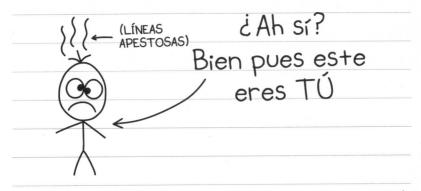

(LÍNEAS APESTOSAS)

¿Ah sí?
Bien pues este
eres TÚ

Y entonces Greg dibujó otro retrato de MÍ
y yo dibujé otro de ÉL.

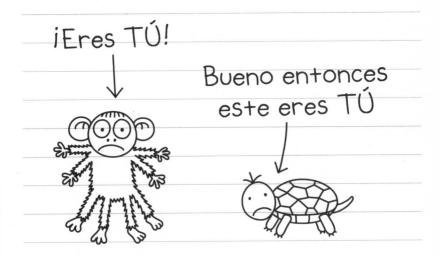

¡Eres TÚ!

Bueno entonces
este eres TÚ

Al rato habíamos llenado dos PÁGINAS
completas con nuestros dibujos.

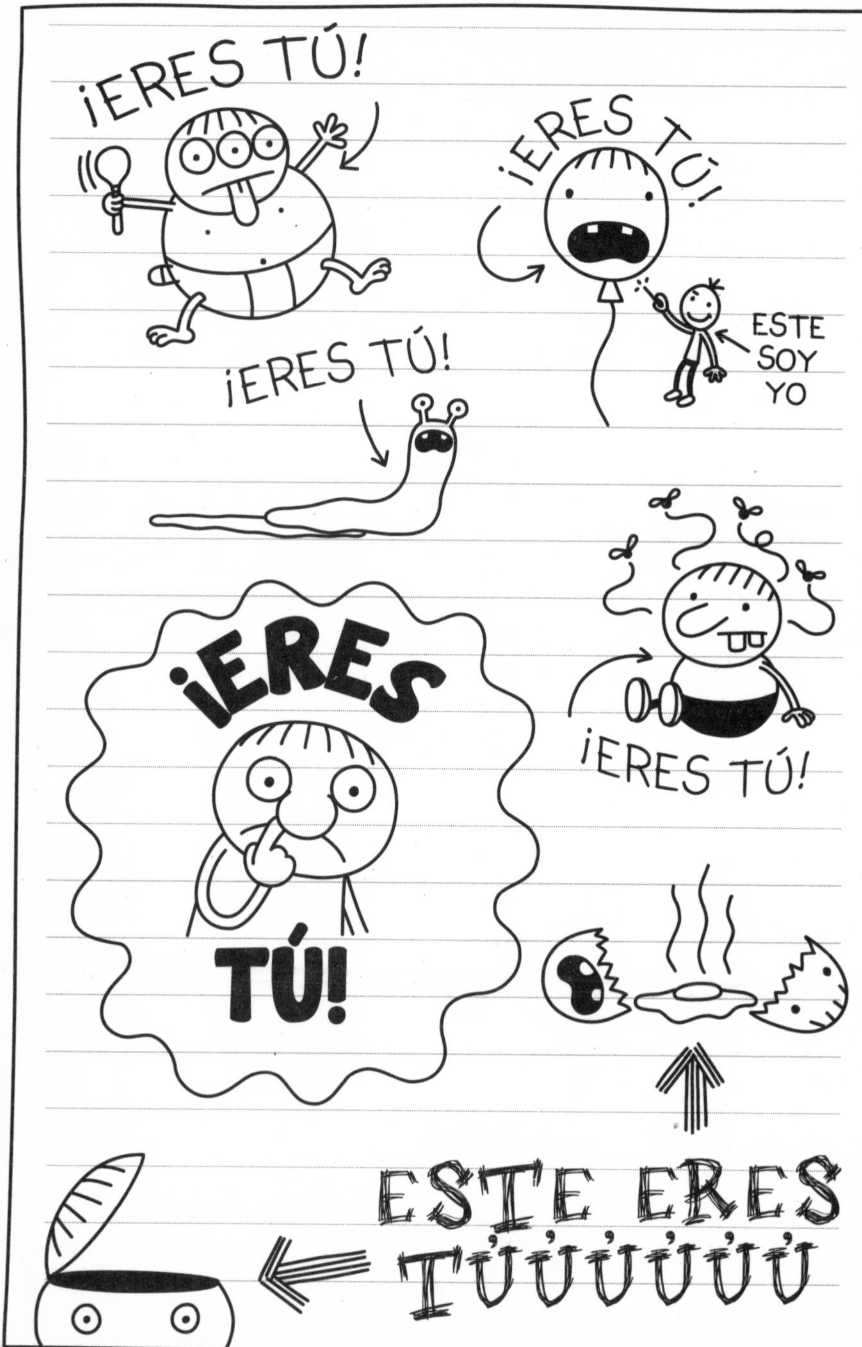
¡ERES TÚ!
¡ERES TÚ!
ESTE SOY YO
¡ERES TÚ!
¡ERES TÚ!
¡ERES TÚ!
ESTE ERES TÚÚÚÚÚÚ

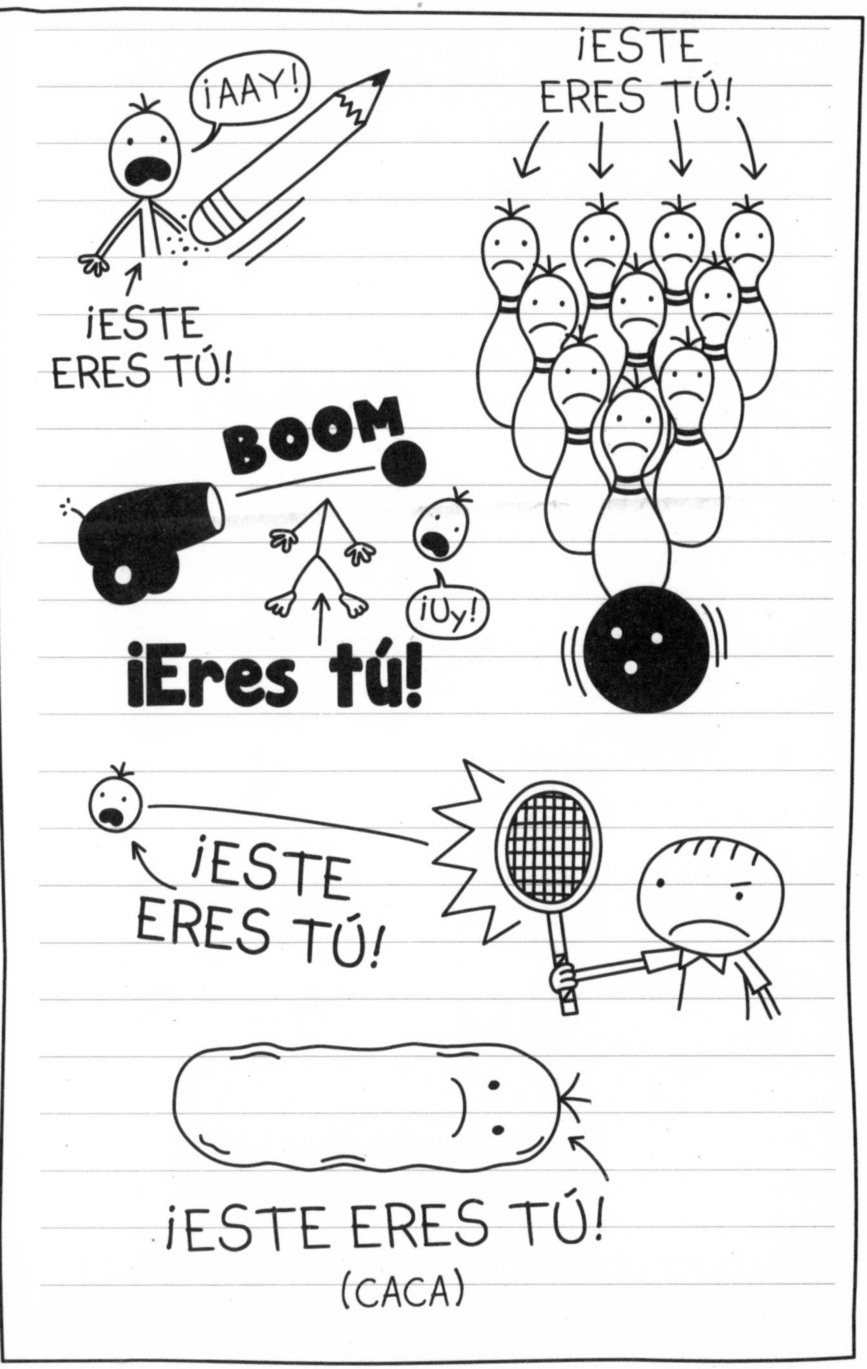

¡AAY!
¡ESTE ERES TÚ!
¡ESTE ERES TÚ!
BOOM
¡Uy!
¡Eres tú!
¡ESTE ERES TÚ!
¡ESTE ERES TÚ!
(CACA)

Greg intentó comenzar una NUEVA página
de dibujos pero yo me limité a ignorarlo.
Y supongo que eso no le gustó porque siguió
tratando de llamar mi atención.

Decidí cambiarme a un sitio que no estuviera
tan cerca de Greg. Estaba contento de
disfrutar de paz y silencio por fin pero
AQUELLO no duró mucho.

Si se preguntan qué ha sido ese «bang»,
bueno lo que pasó fue esto. Cuando me
levanté y me cambié a otro pupitre un
adulto ocupó mi puesto. Y supongo que Greg
pensó que todavía era YO y le anudó los
cordones de los zapatos.

Después el tipo se levantó y se cayó
de espaldas.

Después de eso Greg salió de allí tan rápido como pudo. Me pareció mejor salir yo TAMBIÉN porque no quería que ese tipo pensara que yo le había atado los cordones de los zapatos.

Seguí a Greg hasta la sección infantil donde había una mesa libre. Él puso sus cosas en un extremo y yo me senté en el otro extremo para no tener que estar demasiado cerca de él.

Greg dijo que deberíamos hacer otra pausa pero yo dije que seguiría estudiando. Entonces Greg hizo una bola con un trozo de papel y trató de encestarla en la papelera de la otra punta de la sala.

Falló el tiro pero siguió lanzando bolas de papel por lo que me resultaba difícil concentrarme.

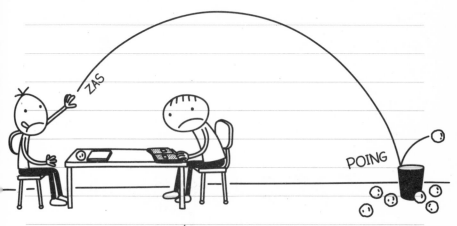

Entonces Greg encestó y dijo que apostaba a que yo no era capaz de hacerlo. Pero cuando le dije que necesitaba estudiar dijo que yo tenía demasiado miedo para intentarlo y comenzó a imitar a una GALLINA.

Quise ignorarlo pero no era tan fácil. SOBRE TODO cuando se subió encima de la mesa.

Y entonces Greg se sentó de pronto sobre la mesa y empezó a hacer ruidos. Al principio creí que necesitaba ir al cuarto de baño con urgencia. Pero cuando se levantó había puesto un HUEVO.

Bueno no quería que Greg pusiera otro huevo así que hice una bola de papel y la lancé a la papelera. Y no miré para ver si la bola entraba pero supongo que la bola ENTRÓ.

Greg dijo que había sido pura SUERTE y que era IMPOSIBLE que lo hiciera otra vez incluso si lo intentaba mil veces. Pero yo decidí que no IBA a intentarlo otra vez.

Greg dijo que NO PODÍA retirarme pero yo
dije pues claro que PUEDO. Y de todos modos
él tenía la culpa por haberme dado la idea.

Una vez celebré mi cumpleaños en la bolera
y Greg tumbó todos los bolos con su primera
bola. Entonces se retiró de la partida y le
fastidió el juego a todo el mundo.

ESTOY
RETIRADO.

Cuando Greg no pudo conseguir que yo volviera
a lanzar ÉL también lo intentó de espaldas.
Pero falló como un millón de bolas de papel.
No llegó ni siquiera a ACERCARSE. Yo
estaba contento de que me dejara en paz
porque así podía avanzar de una vez con
los deberes.

Terminé los ejercicios de práctica y luego me dispuse a repasar los apuntes. Pero entonces descubrí que Greg estaba usando el papel de MI CUADERNO.

Bueno me enojé muchísimo porque la señora Beck había dicho que se nos permitía consultar los apuntes durante el EXAMEN.

Así que me agaché en el suelo y empecé a recoger todas las bolas de papel. Supuse que cuando llegara a casa podría alisar las páginas y después pegarlas de nuevo en mi cuaderno.

Pero Greg seguía tratando de ENCESTAR de espaldas y finalmente acertó una después de que rebotara en mi CABEZA.

Bueno eso me terminó de enojar y empecé a perseguir a Greg con el huevo que había puesto.

Pero supongo que estábamos haciendo demasiado ruido y eso nos creó otro problema con la bibliotecaria.

Ella me hizo llamar a mis padres para que vinieran a recogernos lo cual ME pareció muy bien.

Tuve que pasarme dos horas en vela desarrugando mis notas y pegándolas con cinta adhesiva a mi cuaderno además de OTRA media hora para investigar algunas cosas con la computadora de mi papá.

BÚSQUEDA: ¿puede la gente poner huevos?

CUANDO COMETÍ
EL MAYOR ERROR DE MI VIDA

De acuerdo esta es la segunda parte del capítulo anterior pero me enojé tanto escribiéndolo que tuve que hacer una pausa. Tengo que respirar hondo varias veces porque escribir este capítulo resultará MÁS DIFÍCIL todavía.

Al día siguiente en el examen de matemáticas traté de consultar mis apuntes pero estaban totalmente desordenados.

Además me resultaba difícil concentrarme porque Greg no paraba de hacerme preguntas.

Algunos de los DEMÁS chicos también estaban estresados por el examen: Timothy Lautner se mareó y la señora Beck tuvo que llevárselo a la enfermería.

Bien en cuanto la señora Beck abandonó el aula Greg movió su asiento muy cerca del mío y miró por encima de mi hombro.

CHIR
CHIR

Le susurré a Greg que se fuera y que dejara de COPIAR. Pero Greg dijo que eso no era copiar porque éramos compañeros de estudios y ambos teníamos justo la misma información en nuestros cerebros.

Supongo que no le faltaba razón pero la idea me INCOMODABA.

Entonces Greg dijo que él ya había TERMINADO el examen y que solo quería asegurarse de que mis respuestas eran correctas. Y me puse un poco nervioso porque no estaba demasiado seguro de que todas fueran correctas.

Así que dejé que Greg revisara mi examen, y créanme si pudiera repetir la jugada no se lo habría PERMITIDO.

BIEN. TAMBIÉN HE CONTESTADO «180» A LA PREGUNTA OCHO.

MMM MMM. SÍ, ESTE EXAMEN PARECE MUY BUENO.

Al cabo de un minuto comencé a pensar que tal vez Greg no se limitaba a revisar mi examen para comprobar mis respuestas sino que me estaba COPIANDO.

Y ya era demasiado tarde para DETENERLO
así que fingí que eso no estaba pasando.

Greg colocó la silla en su sitio justo antes
de que la señora Beck regresara. Y cuando
sonó la campana y acabó la clase ella se
puso enseguida a recoger todos nuestros
exámenes.

Al día siguiente la señora Beck nos devolvió los exámenes y yo había sacado 89 puntos sobre 100. Estaba decepcionado porque suelo hacerlo mucho mejor. Pero Greg sacó también 89 puntos lo que para ÉL era una nota magnífica.

Pero si creen que este capítulo tiene un final feliz, ¿saben qué? NO LO TIENE.

Al acabar la clase todo el mundo se levantó para marcharse pero la señora Beck nos dijo a Greg y a mí que nos quedáramos sentados.

Después de que se marcharan todos la señora Beck nos dijo que quería hablar con nosotros. Dijo que habíamos obtenido la misma puntuación y acertado las mismas respuestas.

Pero Greg dijo que eso tenía SENTIDO
puesto que habíamos estudiado juntos
y teníamos los mismos conocimientos.

Yo me sentí contento de que Greg fuera mi
amigo porque se le dan especialmente bien
esas explicaciones a los adultos.

Pensé que la señora Beck nos dejaría
marchar pero NO LO HIZO. Dijo que parecía
un poco sospechoso que nuestros exámenes
fueran IDÉNTICOS y los puso juntos para
enseñarnos lo que quería decir.

Bien entonces comprobé que Greg había
copiado TODO mi examen, incluido mi
NOMBRE.

MATES 2   NOMBRE: Rowley Jefferson

Examen Tema 8 (89)

1. Un punto no tiene dimensiones,
solo posición.

2. Un polígono es una figura de 2
dimens...
...s rectas.
...ulo

MATES 2   NOMBRE: Rowley Jefferson

Examen Tema 8 (89)

1. Un punto no tiene dimensiones,
solo posición.

2. Un polígono es una figura de 2
dimensiones hecha de líneas rectas.

3. Los ángulos de un triángulo
suman 90 grados.

πr^2.

ZZ

4. El área de un círculo es

πr^2.

5. Qué clase de líneas son
estas? ⟷ ⟷
Paralelas

ZZZZ

Según la señora Beck era evidente que
Greg me había copiado así que lo castigaría
durante tres días y ADEMÁS tenía que
repetir el examen.

Pensé que la señora Beck también me
castigaría pero NO LO HIZO. Pero lo que
dijo fue el PEOR castigo.

ROWLEY
ME HAS
DECEPCIONADO.

La señora Beck dijo que quería que aquello
nos sirviera de lección y ambos prometimos
que no se repetiría. La señora Beck dijo que
eso estaba bien porque cuando los demás
saben que eres un TRAMPOSO tu fama te
persigue dondequiera que vayas.

Entonces la señora Beck dijo que ya nos podíamos
ir. Greg se marchó pero yo le di un abrazo a
la señora Beck para mostrarle que lo sentía.
Quizá la abracé durante demasiado tiempo.

Me pasé todo el camino de vuelta a casa
pensando en lo que la señora Beck había
dicho sobre los TRAMPOSOS.

Bueno yo aprendí MI lección pero no estoy tan seguro respecto a Greg.

Al día siguiente la señora Beck hizo sentarse a Greg al fondo de la clase y repetir el examen. Pero Greg no paraba de preguntarme cosas y yo tuve que fingir que no lo oía. Fue muy incómodo.

Y si se están preguntando Rowley ¿por qué sigues siendo amigo de Greg? mi respuesta es que Greg sigue siendo un buen AMIGO, pero que es un pésimo compañero de estudios.

emás es la única persona que conozco az de poner huevos.

CUANDO GREG
DIO LA CARA POR MÍ

De acuerdo Greg si sigues leyendo esto lo siento por haber dado una mala imagen de ti en los últimos dos capítulos. Pero no te preocupes porque en este saldrás muy favorecido.

El caso es que el año pasado la señora Modi nos daba clase de ciencias, pero cuando tuvo un bebé la escuela la sustituyó por el señor Hardy.

Creo que el señor Hardy daba clases en la escuela hace mucho tiempo y lo han hecho regresar ahora que necesitaban un sustituto a largo plazo.

Señor
Hardy

Yo creía que el señor Hardy haría las cosas igual
que la señora Modi pero estaba EQUIVOCADO.
El señor Hardy se limitaba a escribir nuestras
tareas en la pizarra y luego se sentaba a leer
a su mesa durante el resto de la clase.

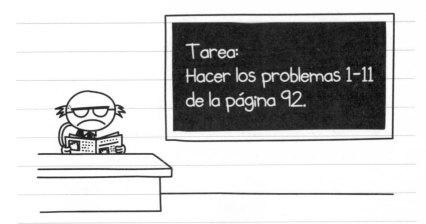

Tarea:
Hacer los problemas 1-11
de la página 92.

Tres días después, los chicos empezaron a hacer
tonterías durante la clase. Y al señor Hardy ni
siquiera le IMPORTABA.

En una ocasión un par de muchachos intentaron aplastar un bicho dejando caer sus libros sobre él. Por suerte el insecto pudo escapar pero el señor Hardy ni siquiera LEVANTÓ la vista.

PLAM   CATAPLAM

Bien puede que al señor Hardy no le molestara pero yo no podía concentrarme en mis tareas con la locura que había todos los días.

Greg me dijo que hacer los deberes era una pérdida de tiempo porque el señor Hardy ni siquiera iba a LEERLOS. Greg me dijo que disfrutara de la vida con todos los DEMÁS hasta que la señora Modi se reincorporara y las cosas regresaran a la normalidad.

Bien ¿adivinan qué pasó? La señora Modi NO volvió. Decidió que quería ser mamá a tiempo completo y eso significaba que el señor Hardy sería nuestro profesor durante el resto del AÑO.

Ahora que el señor Hardy era oficialmente nuestro profesor de ciencias yo pensaba que las cosas mejorarían. Pero EMPEORARON.

Entonces el último día de clases el señor Hardy anunció que nos daría nuestras CALIFICACIONES. Bien eso asustó a casi todos los chicos de mi clase porque sabían que se merecían un suspenso.

El señor Hardy empezó a ir por los pupitres susurrando su nota a cada chico en el oído. Pero el s~ Hardy no tiene una voz muy baja así q odos los demás podían oír lo que decía.

primer chico que supo su nota fue Dennis iterlizzi que obtuvo una "C". Pero el señor Hardy habla muy despacio así que sonó más bien como esto:

CEEEEEEEEEEE

El siguiente chico también obtuvo una "C", y también todos los demás. Incluso Greg aprobó pese a no haber entregado ni una sola tarea. Y estaba muy contento porque no quería ir al colegio en verano.

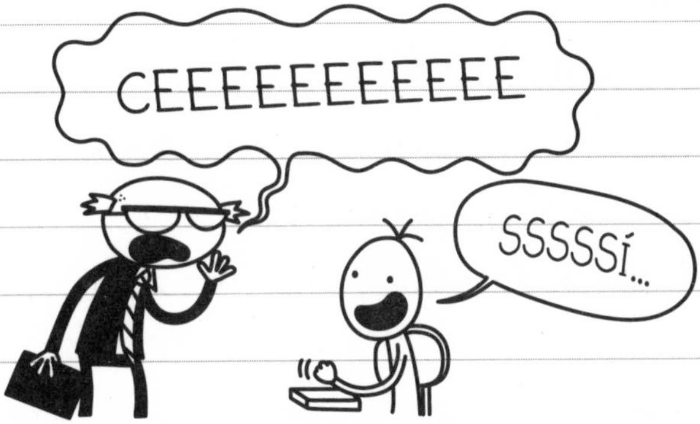
CEEEEEEEEEEE
SSSSSÍ...

De modo que entonces llegó MI turno y yo estaba cruzando los dedos esperando obtener una BUENA nota. Pero mi nota fue la misma que la de todos los DEMÁS.

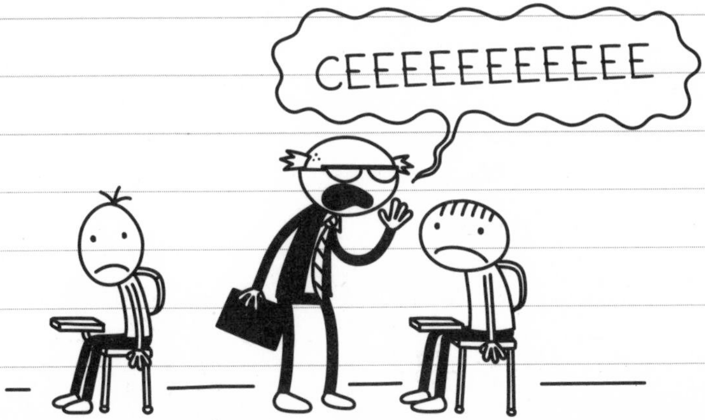
CEEEEEEEEEEE

Así que Greg tenía razón y el señor Hardy ni se había molestado en mirar mis tareas.

El señor Hardy se dirigió al siguiente chico... pero de pronto Greg se puso de pie y se encaró con el señor Hardy. Greg le dijo que yo era el único que había hecho los deberes y que él era un pésimo profesor y que alguien debería informar sobre él al DIRECTOR.

Estaba muy impresionado porque Greg nunca había dado la cara por mí de ese modo. Por un momento pensé que el señor Hardy mandaría a GREG al despacho del director.

Pero un minuto después el señor Hardy susurró una NUEVA nota en mi oído.

Camino a casa le dije a Greg que era un buen compañero por haber hecho eso por mí. Y dije que ya estábamos en paz por la vez que lo salvé del cumpleaños de Tevin Larkin.

Pero Greg dijo que lo que él había hecho por mí era MUCHO mejor que haberlo rescatado de la fiesta de Tevin. Dijo que con esa "B" tal vez me había salvado de tener un empleo mediocre cuando sea mayor.

Así que dije bueno ¿qué más debo hacer hasta que estemos EMPATADOS? Y dibujó un gráfico para enseñármelo.

Supongo que me queda un largo camino por recorrer. Pero está bien porque Greg y yo seremos amigos mucho tiempo y tendré un montón de oportunidades para compensarlo.

CUANDO ME DI CUENTA DE QUE GREG TAL VEZ NO SIEMPRE DICE LA VERDAD

Así que después de la tarde en que estudiamos juntos le pregunté a Greg cómo demonios había puesto aquel huevo y él me dijo que puede poner cualquier clase de huevo que QUIERA.

Y yo dije de acuerdo entonces pon un huevo de AVESTRUZ, y él dijo que para eso necesitaba comer un montón de papitas fritas y entonces se comió algunas de las mías.

Pero unos días después cuando paré en casa de Greg para recogerlo camino de la escuela su mamá le dio un huevo cocido para el almuerzo. Y entonces recordé que Greg SIEMPRE lleva un huevo duro para almorzar así que es probable que también tuviera uno en el bolsillo de su abrigo aquella tarde en que estudiamos juntos.

Bien eso me lleva a preguntarme si OTRAS
cosas que sé de Greg serán ciertas o no.
Somos amigos desde hace mucho tiempo
y me ha contado un MONTÓN de cosas
que parecían algo dudosas por lo que ahora
empiezo a sospechar que no todo lo que él me
cuenta tiene por qué ser cierto.

He aquí algunas cosas que tengo cada vez
menos claras.

1. Greg dice que está saliendo con una supermodelo
pero tienen que guardarlo en secreto porque
la carrera de ella se arruinaría si la gente se
enterara de que sale con un chico de la secundaria.

PERFUME

Dice que cuando ella sale en la tele le guiña un ojo para enviarle mensajes secretos.

2. Greg dice que una vez lanzó un Frisbee y el viento se lo llevó tan lejos que dio la vuelta al mundo y luego le golpeó la parte trasera de la cabeza y que por eso ya no practica ningún deporte.

3. Greg dice que el botón de la «estrella» en los teléfonos es en realidad un COPO DE NIEVE y que es una línea directa al Polo Norte. Por eso cuando hago algo que no le gusta me amenaza con contárselo a Santa Claus.

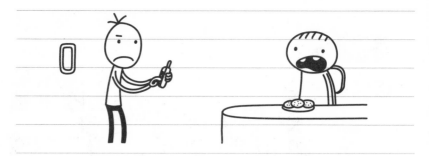

4. Greg dice que cuando era bebé su mamá lo llevó a una agencia de modelos y le hicieron fotografías para unos anuncios de crema para traseros irritados de bebé.

Greg dijo que esos anuncios nunca salieron en Estados Unidos pero que si él fuera a China las multitudes lo ACLAMARÍAN.

5. Greg dice que él inventó el grito de «OÉ OÉ OÉ OOOEEÉ») de los partidos de fútbol y que cada vez que la gente lo dice le transfieren cien dólares a su cuenta bancaria.

6. Greg dice que tiene 500 años pero que no envejece así que tiene que cambiar de residencia cada pocos años para que nadie se dé cuenta. Dice que conoció a Abraham Lincoln en la escuela y que era un abusón.

7. Greg dice que existe un formulario que puedes llenar en el ayuntamiento para adoptar legalmente a quien te dé la gana y que él me adoptó así que tengo que hacer todo lo que él me diga.

8. Greg dice que puede convertirse en cualquier forma de agua que él quiera, pero cuando le pedí que se transformara en un vaso de agua dijo que la ÚLTIMA vez que lo hizo Rodrick se lo bebió y tardó dos días en recuperar su forma humana.

9. Greg dice que solo usa el cinco por ciento de su cerebro, y que si QUISIERA podría hacer levitar un edificio con su mente. Yo dije que quizá también yo pueda hacerlo pero él dijo tal vez no porque yo ya utilizo el cien por ciento de mi cerebro.

10. Hablando de CEREBROS, Greg dice que tiene percepción extrasensorial y que siempre sabe lo que voy a hacer antes de que lo haga.

El caso es que podría ser cierto porque se lo he visto hacer un montón de veces.

De todas formas supongo que al menos la MITAD de todo esto son invenciones pero lo incluiré aquí por si acaso NO LO SON.

Y para que conste Greg lleva tres semanas comiéndose casi TODAS mis papitas fritas y aún no ha puesto un huevo de avestruz.

CUANDO GREG Y YO NOS INVENTAMOS UN SUPERHÉROE

Seguro que este es el mejor capítulo del libro porque es el único en el que hay superhéroes. Y espero no haber dañado la sorpresa pero incluso si lo hubiera hecho, créanme si les digo que será un capítulo muy bueno.

Un día estaba lloviendo así que Greg y yo no podíamos salir a la calle. Y a Greg no lo dejaban jugar con los videojuegos porque se había enojado jugando al Twisted Wizard.

La señora Heffley dijo que pasábamos
demasiado tiempo delante de las pantallas
y que nos vendría bien tomarnos un descanso.

Entonces nos dio algunos rotuladores y un
cuaderno de dibujo y nos dijo que usáramos
nuestra imaginación para hacer nuestros
propios cómics tal como SOLÍAMOS hacerlo.

Bueno la ÚLTIMA vez que Greg y yo
hicimos juntos algunos cómics no salió
nada bien para mí. Y por si no conocen la
historia completa les contaré una versión
abreviada.

En sexto grado Greg y yo trabajamos
juntos en un cómic llamado «Gajes del
oficio».

Pero entonces Greg se aburrió y dijo que lo hiciera YO SOLO.

Y después mi cómic se publicó en el periódico de la escuela y Greg se enojó conmigo aunque fue él quien me DIJO que lo hiciera.

Entonces tuvimos una bronca frente a la escuela y varios adolescentes salieron de NO SE SABE DÓNDE y nos capturaron a los dos.

Entonces me obligaron a comerme un trozo de _____ que estaba tirado en el asfalto.

ÑAM
GLUP

Todavía soy incapaz de comer pizza o barritas de mozzarella o cualquier cosa que contenga _____ pero Greg dice que debo «superarlo» porque eso sucedió hace mucho tiempo.

En cualquier caso cuando abrí el cuaderno de dibujo que la señora Heffley nos había dado, vi en su interior muchos Gajes del oficio que no le habíamos entregado al periódico de la escuela.

Greg dijo que debería incluirlos aquí porque seguro que valdrán mucho dinero cuando él se haga famoso.

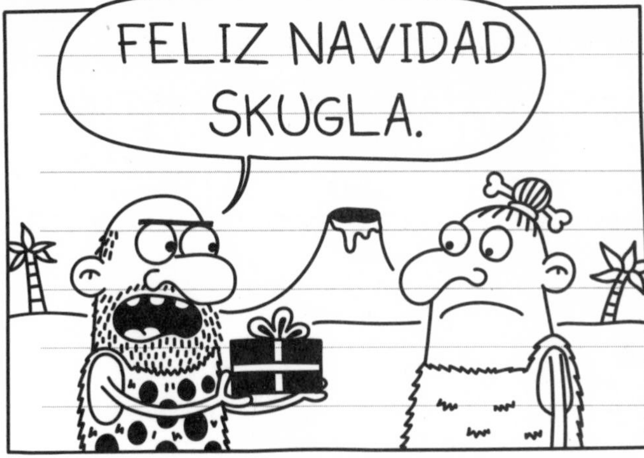
FELIZ NAVIDAD SKUGLA.

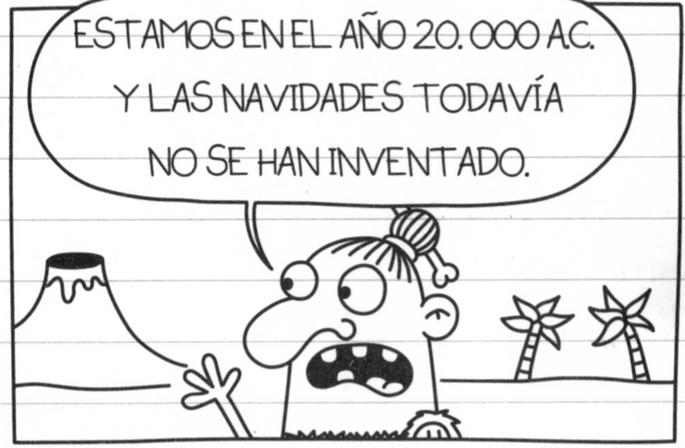
ESTAMOS EN EL AÑO 20.000 A.C. Y LAS NAVIDADES TODAVÍA NO SE HAN INVENTADO.

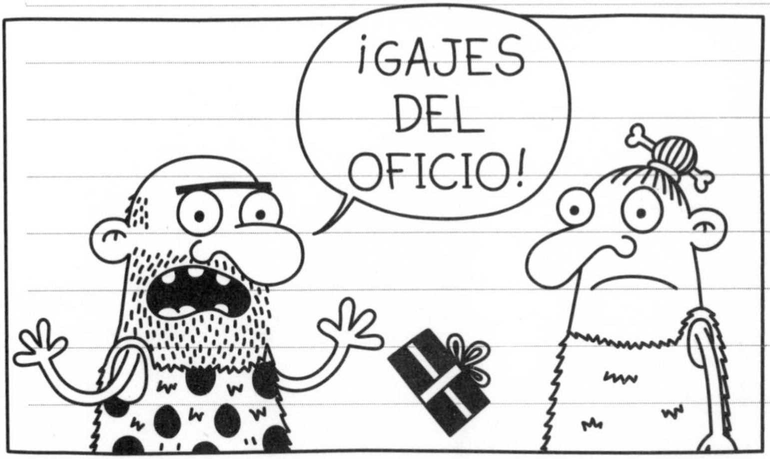
¡GAJES DEL OFICIO!

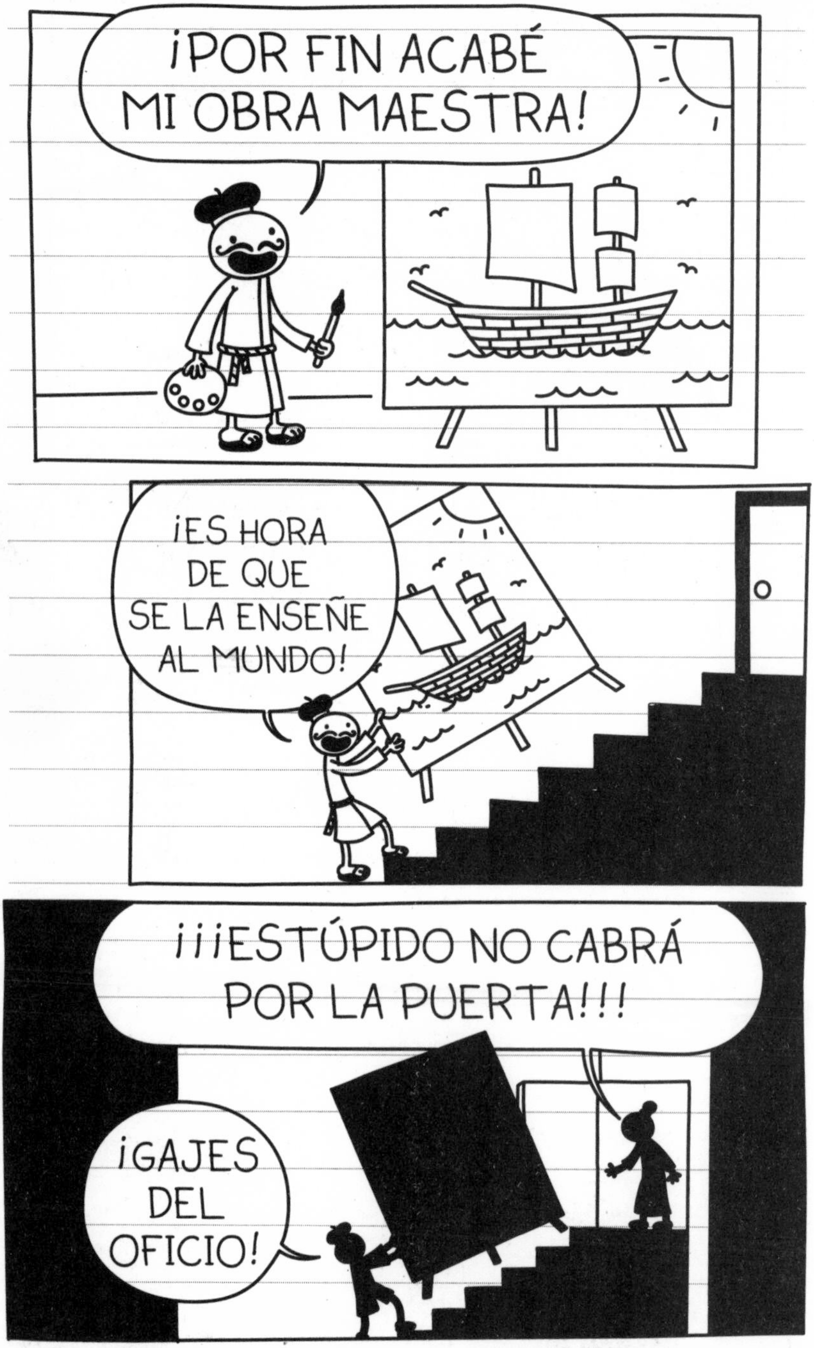
¡POR FIN ACABÉ MI OBRA MAESTRA!
¡ES HORA DE QUE SE LA ENSEÑE AL MUNDO!
¡¡¡ESTÚPIDO NO CABRÁ POR LA PUERTA!!!
¡GAJES DEL OFICIO!

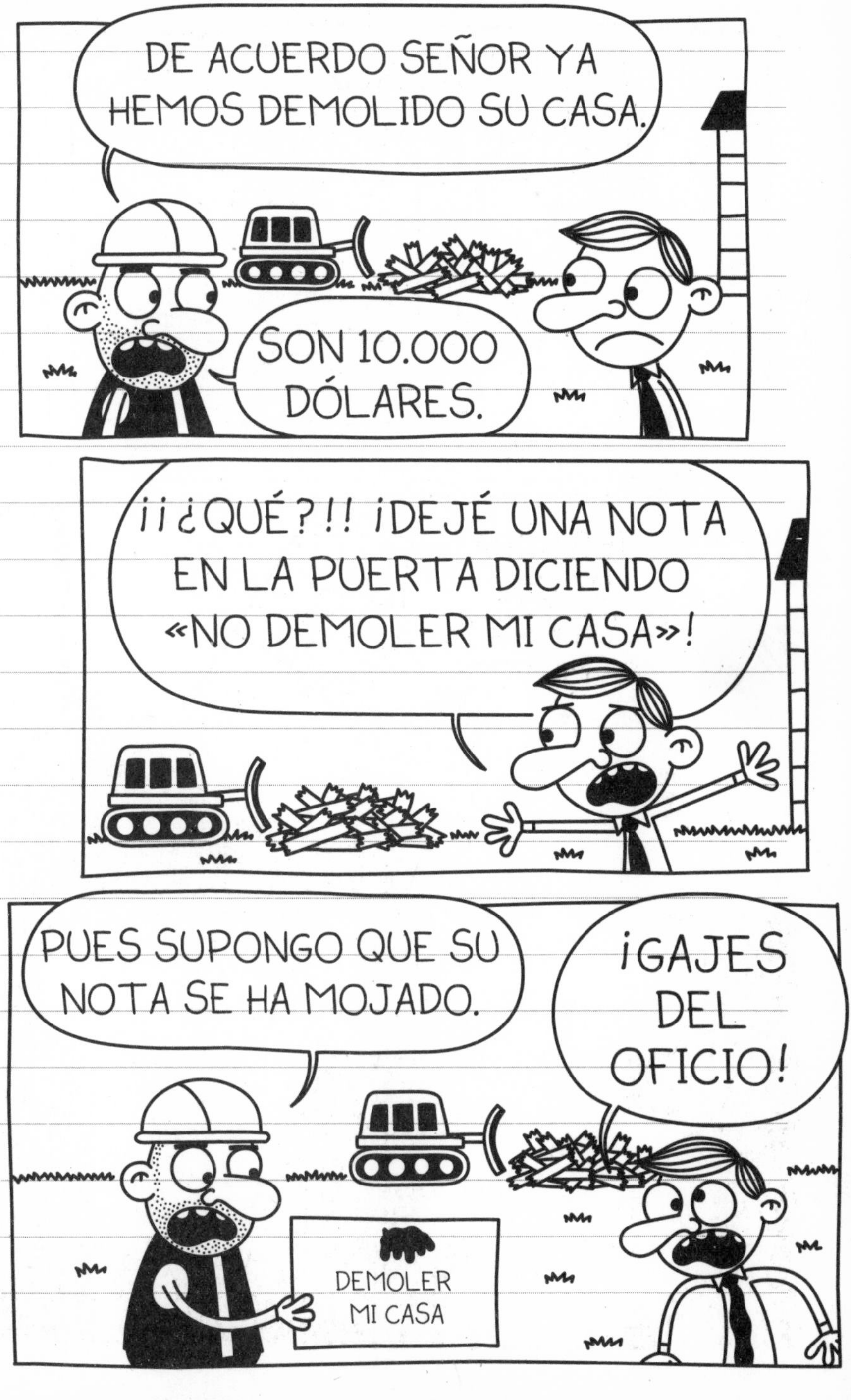
DE ACUERDO SEÑOR YA HEMOS DEMOLIDO SU CASA.
SON 10.000 DÓLARES.
¡¡¿QUÉ?!! ¡DEJÉ UNA NOTA EN LA PUERTA DICIENDO «NO DEMOLER MI CASA»!
PUES SUPONGO QUE SU NOTA SE HA MOJADO.
DEMOLER MI CASA
¡GAJES DEL OFICIO!

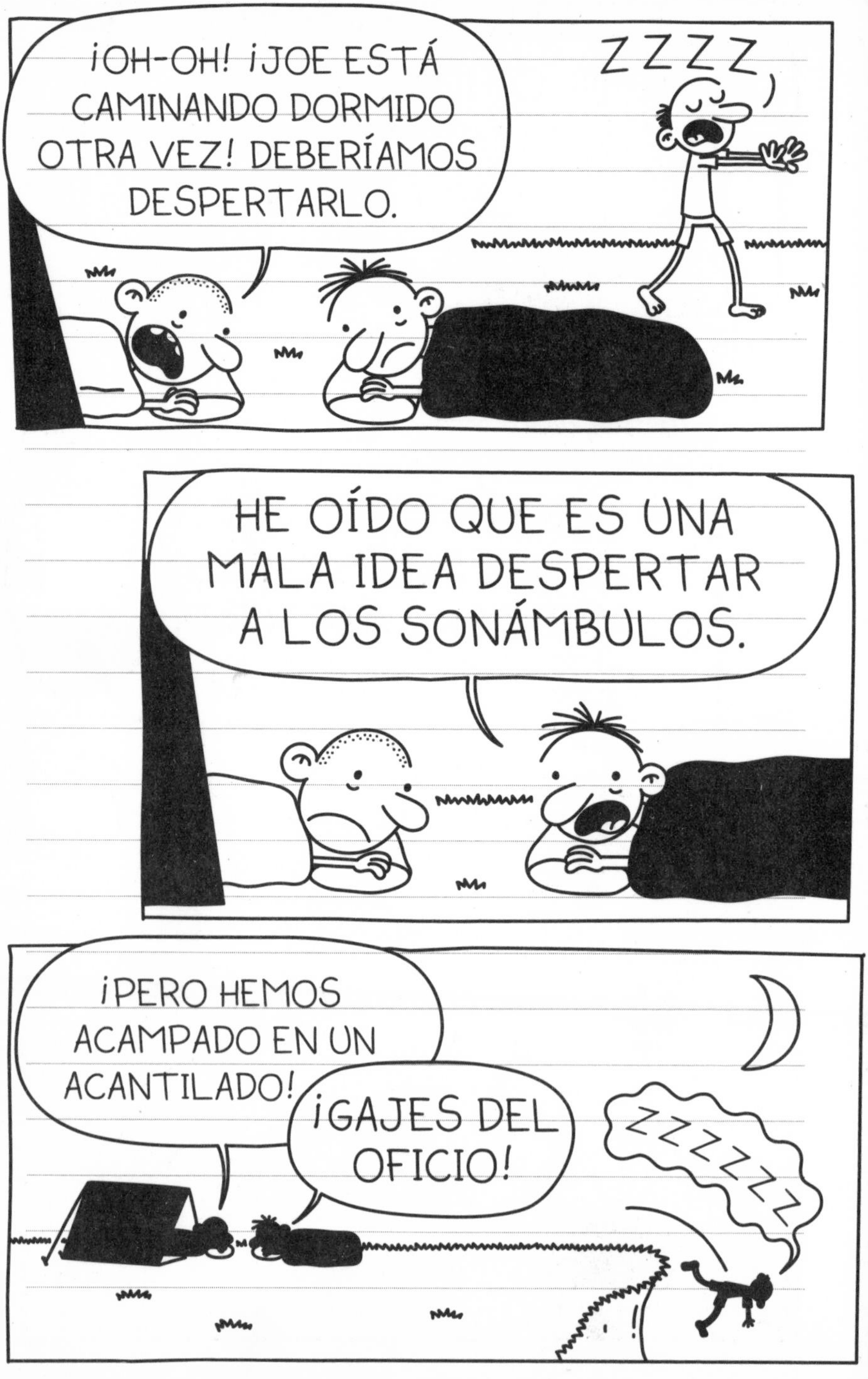
¡OH-OH! ¡JOE ESTÁ CAMINANDO DORMIDO OTRA VEZ! DEBERÍAMOS DESPERTARLO.
ZZZZ
HE OÍDO QUE ES UNA MALA IDEA DESPERTAR A LOS SONÁMBULOS.
¡PERO HEMOS ACAMPADO EN UN ACANTILADO!
¡GAJES DEL OFICIO!
ZZZZZZ

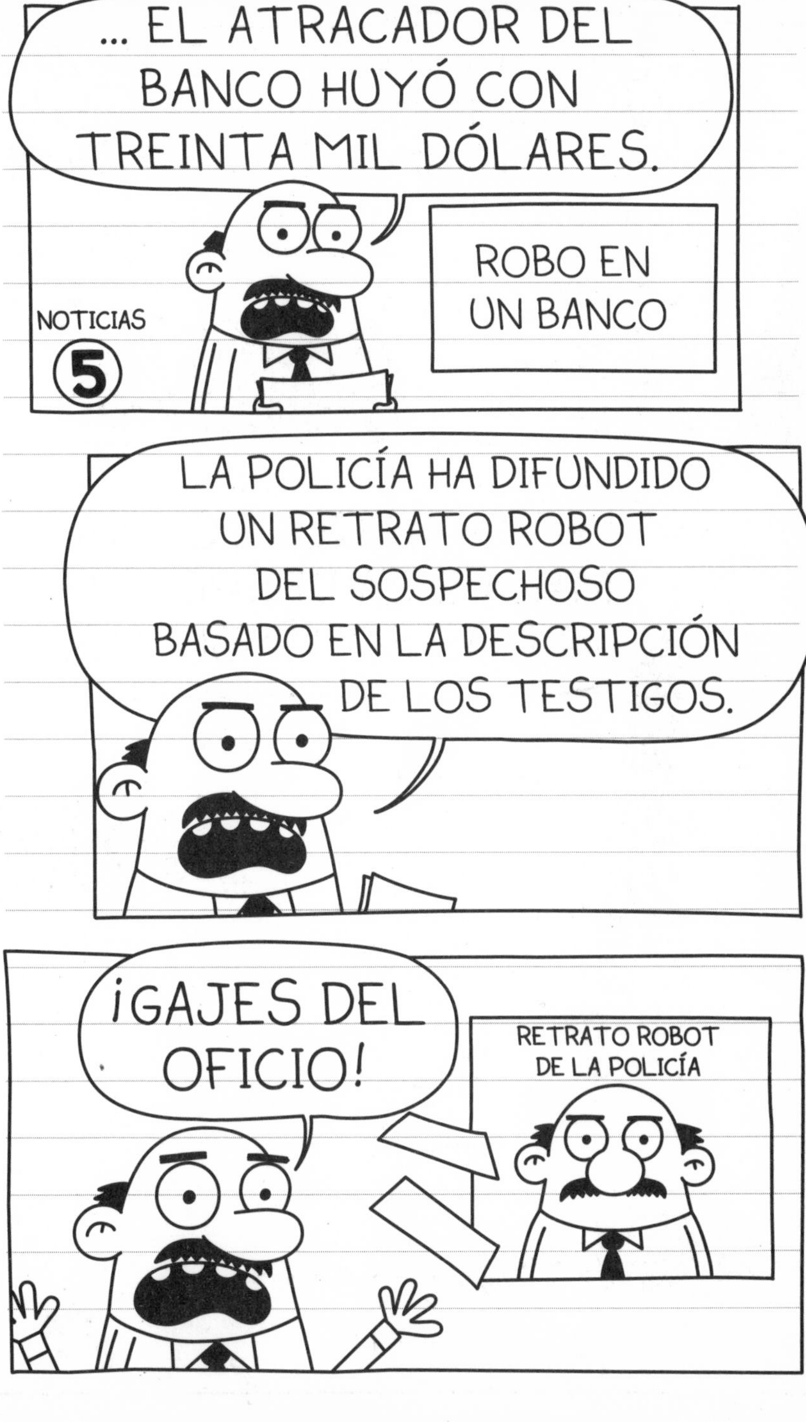

... EL ATRACADOR DEL BANCO HUYÓ CON TREINTA MIL DÓLARES.
ROBO EN UN BANCO
NOTICIAS
5
LA POLICÍA HA DIFUNDIDO UN RETRATO ROBOT DEL SOSPECHOSO BASADO EN LA DESCRIPCIÓN DE LOS TESTIGOS.
¡GAJES DEL OFICIO!
RETRATO ROBOT DE LA POLICÍA

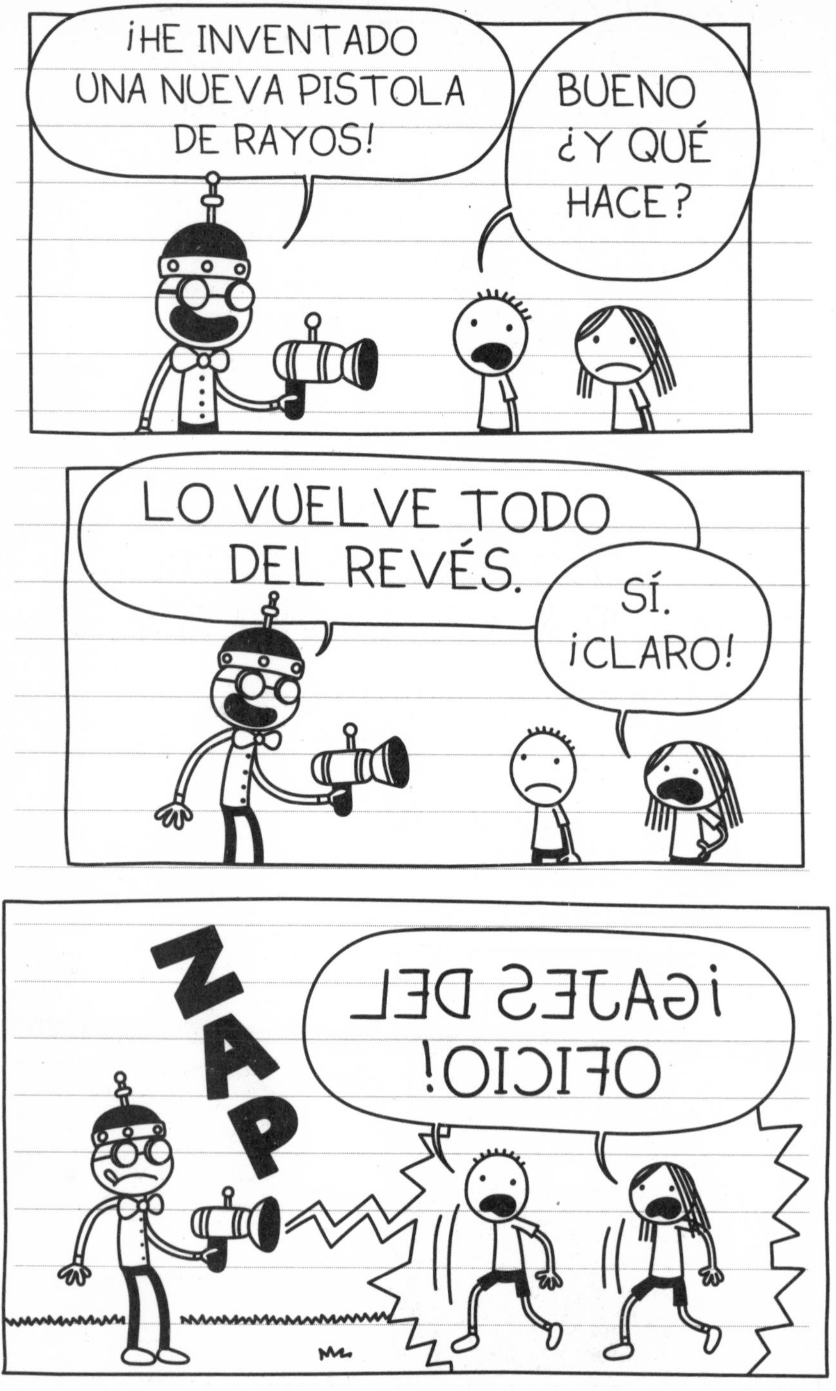
¡HE INVENTADO UNA NUEVA PISTOLA DE RAYOS!
BUENO ¿Y QUÉ HACE?
LO VUELVE TODO DEL REVÉS.
SÍ. ¡CLARO!
ZAP
¡GAJES DEL OFICIO!

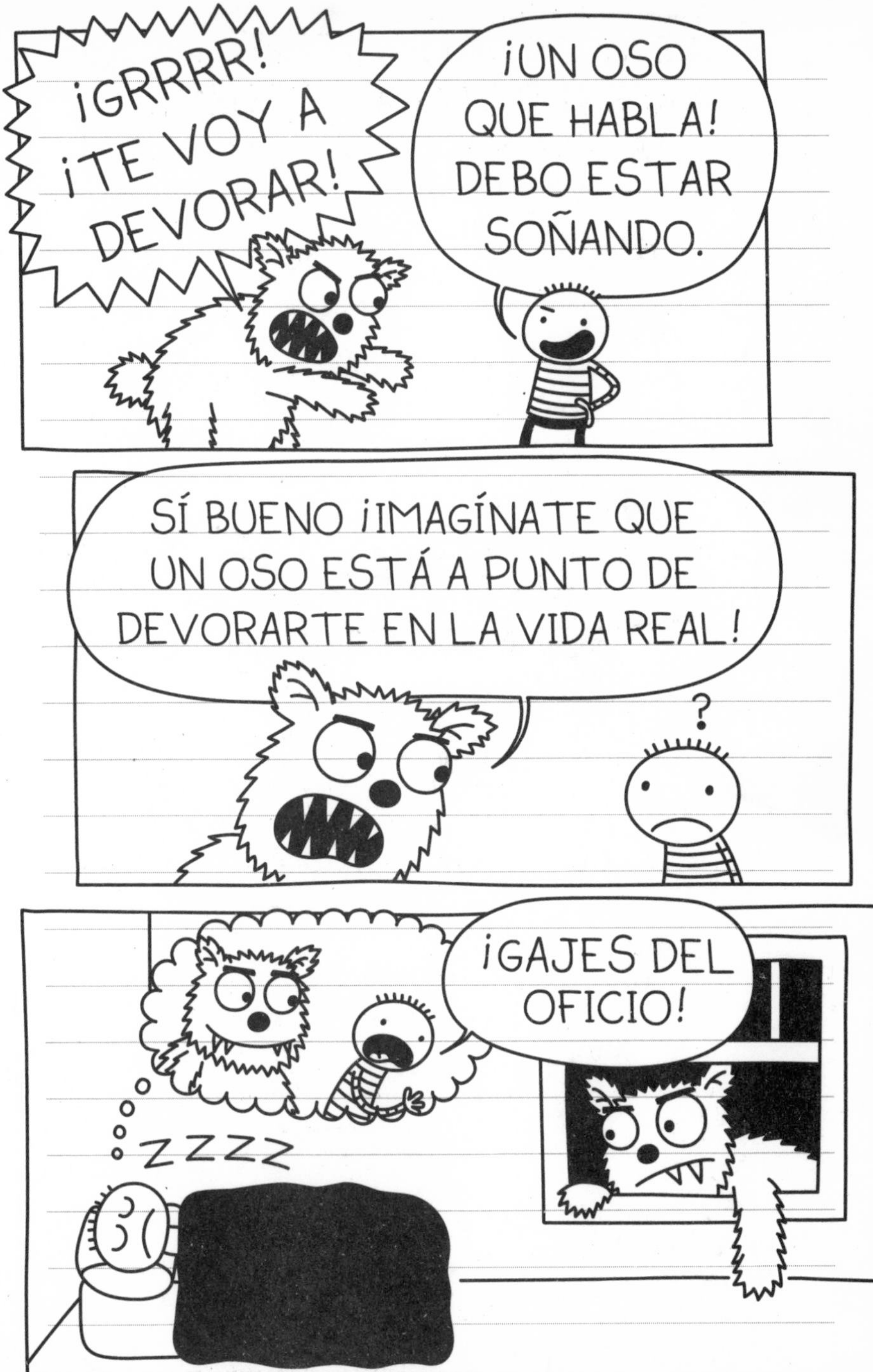
¡GRRRR! ¡TE VOY A DEVORAR!
¡UN OSO QUE HABLA! DEBO ESTAR SOÑANDO.
SÍ BUENO ¡IMAGÍNATE QUE UN OSO ESTÁ A PUNTO DE DEVORARTE EN LA VIDA REAL!
?
ZZZZ
¡GAJES DEL OFICIO!

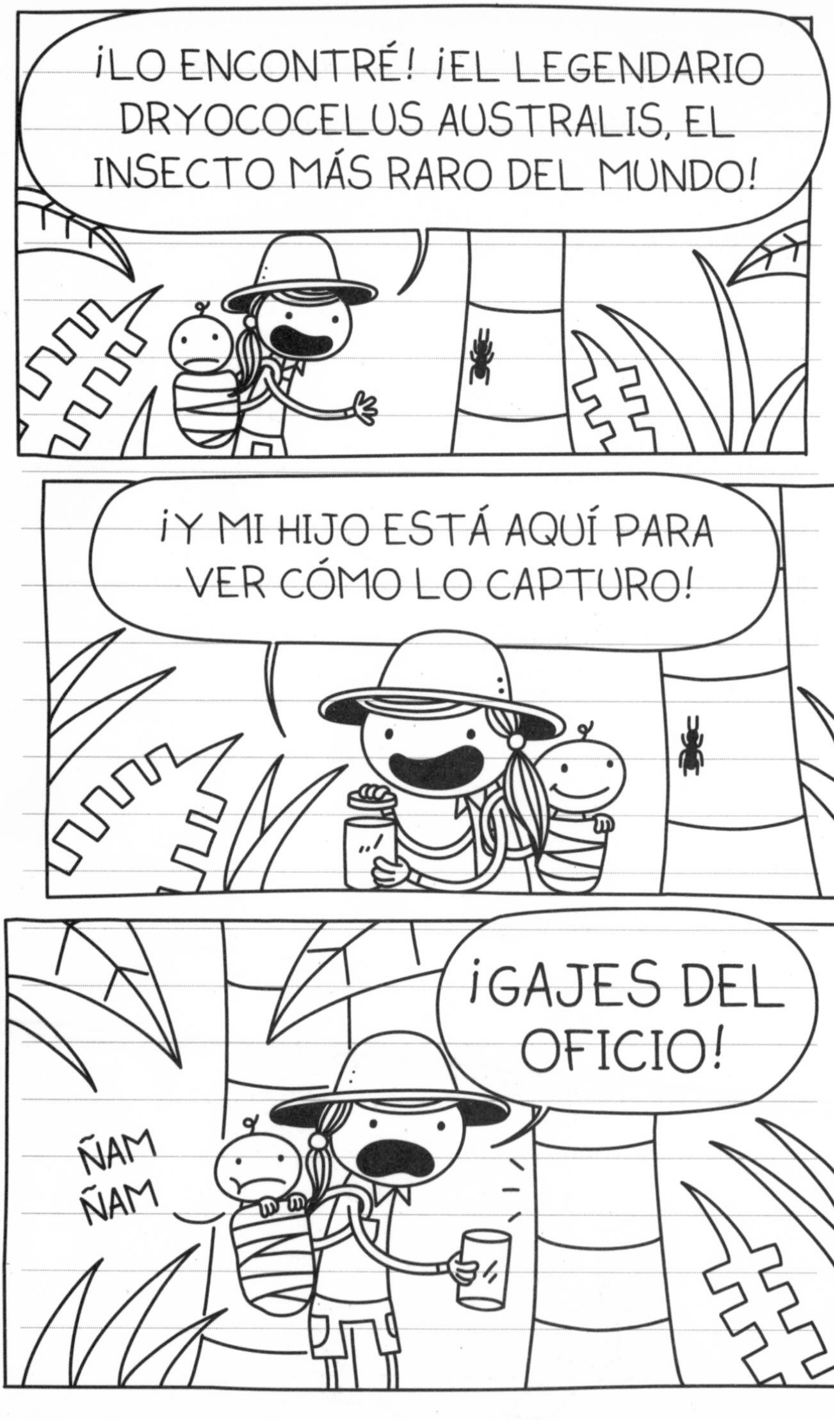
¡LO ENCONTRÉ! ¡EL LEGENDARIO DRYOCOCELUS AUSTRALIS, EL INSECTO MÁS RARO DEL MUNDO!
¡Y MI HIJO ESTÁ AQUÍ PARA VER CÓMO LO CAPTURO!
ÑAM ÑAM
¡GAJES DEL OFICIO!

Le dije a Greg que deberíamos hacer MÁS
Gajes del oficio pero él dijo que esa tira
cómica está obsoleta y que teníamos que
inventarnos algo NUEVO.

Y entonces Greg tuvo una idea GENIAL.
Dijo que deberíamos crear nuestro propio
SUPERHÉROE. La idea nos gustaba mucho
porque parecía DIVERTIDA. Pero Greg dijo
que lo que le importaba no era divertirse,
sino ganar DINERO.

Greg dijo que si te inventas un superhéroe
entonces puedes vender los derechos de la
película y sentarte a esperar a que el dinero
te caiga del cielo.

Entonces empezamos a hablar y a hablar de lo que haríamos con todo el dinero que íbamos a ganar con la idea de nuestro superhéroe. Dije que iría a la sección de juguetes de los grandes almacenes y llenaría un carrito con todos los juguetes que pudiera.

Pero Greg dijo que yo no estaba pensando a lo GRANDE. Dijo que él compraría la TIENDA entera y llevaría cada día un par diferente de tenis y que viviría en la sección de golosinas.

Entonces dije que me compraría un auto deportivo de lujo y llevaría a la señora Beck a la escuela todas las mañanas.

Greg dijo que nos íbamos a hacer tan ricos que podríamos comprar la ESCUELA entera y despedir a todos los profesores y hacer batallas épicas con paintball por los pasillos.

Yo dije que quizá no deberíamos despedir a TODOS los profesores porque la señora Beck es agradable y enseña muy bien matemáticas.

Greg dijo que seríamos tan ricos que ya no NECESITARÍAMOS aprender matemáticas pero que podríamos conservar a la señora Beck para que nos llevara las cuentas. Y supongo que eso me hizo sentir un poco mejor.

Greg dijo que MÁS adelante tendríamos tiempo DE SOBRA para pensar en lo que íbamos a hacer con todo nuestro dinero pero que ahora teníamos que trabajar en serio en la idea del superhéroe.

Greg dijo que lo PRIMERO que teníamos que hacer era saber qué PODERES tendría nuestro superhéroe.

Dije que podría volar o tener superfuerza pero Greg dijo que esas ideas eran bastante estúpidas porque ya se habían usado un millón de veces antes.

Entonces dije que nuestro superhéroe podría tener visión de rayos X pero Greg dijo que ese no era un buen superpoder porque en una ocasión había visto a su abuelo desnudo por accidente y desearía NO HABERLO hecho.

Greg dijo que necesitábamos hacer algo ORIGINAL. Así que empezamos a aportar ideas en las que nadie había PENSADO. Y las ideas que se nos ocurrieron estaban BIEN pero no eran gran cosa.

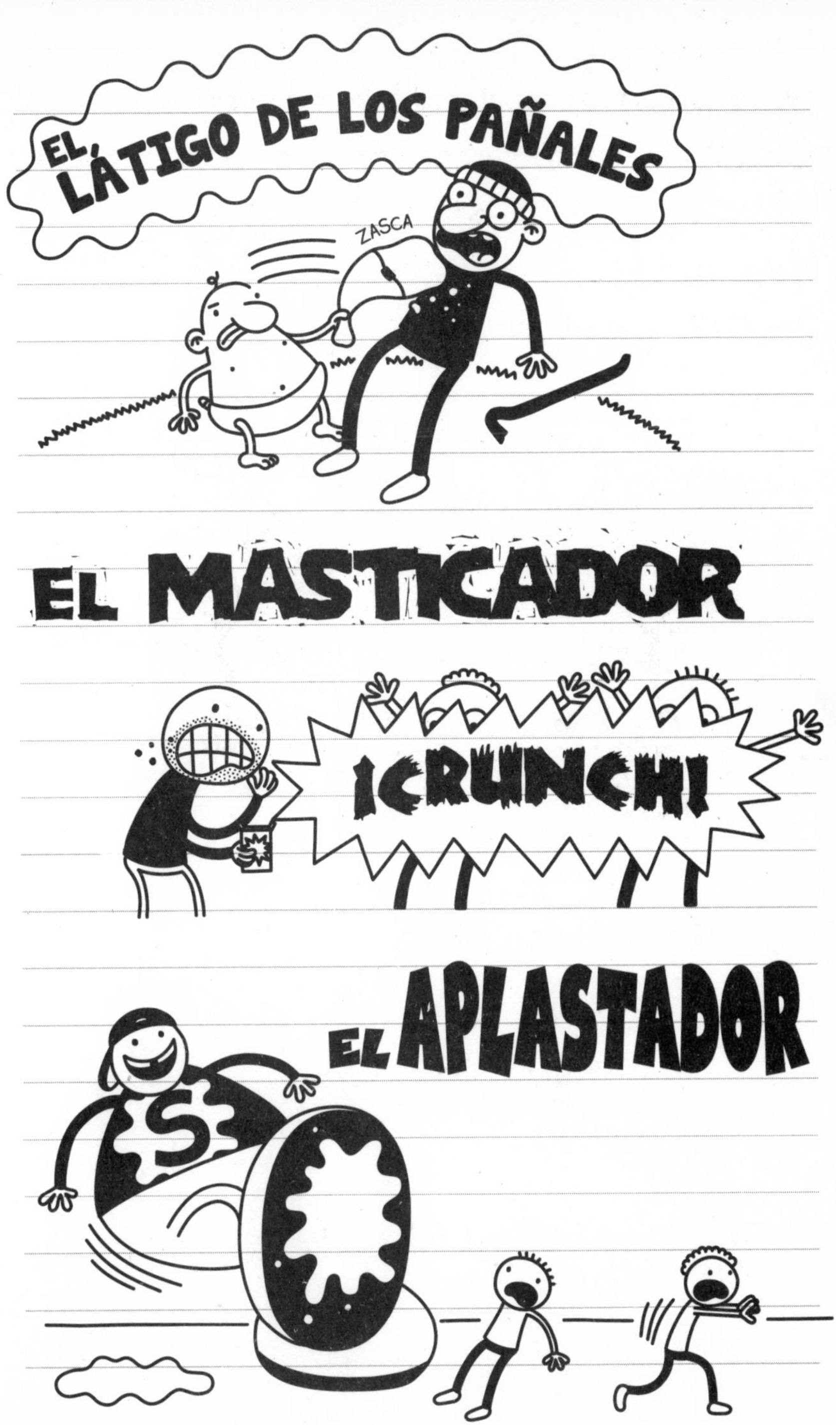
EL LÁTIGO DE LOS PAÑALES
ZASCA
EL MASTICADOR
¡CRUNCH!
EL APLASTADOR

La idea que más me gustaba era la de un tal
Lanzador que podía tirar su propia CABEZA
como si fuera un balón de fútbol.

Pero Greg dijo que el Lanzador no valía como figura
de acción porque la cabeza desmontable suponía
un riesgo de asfixia para los niños pequeños.

Entonces intentamos inventar personajes INOFENSIVOS por si un niño pequeño se los tragaba por accidente pero nuestras ideas ya no eran tan brillantes.

EL CHICO DE QUESO

LA CHICA DE POLLO

Greg dijo que las mamás son quienes suelen comprarles los juguetes a sus hijos así que deberíamos inventar algo que les gustara A ELLAS. Pero esa idea tampoco nos convencía del todo.

Greg dijo que tal vez no se nos ocurría nada decente porque no formábamos un buen EQUIPO. Dijo que deberíamos intentar trabajar cada uno por nuestra CUENTA y ver a quién se le ocurría la mejor idea.

Ambos trabajamos por separado y después nos mostramos el resultado.

El superhéroe de Greg era un tipo del espacio que tenía un poder diferente en cada dedo de la mano lo cual me parecía una idea magnífica.

Le dije a Greg que su idea me parecía fantástica y que deberíamos seguir adelante con ELLA.

Entonces Greg dijo bien ¿y cuál es TU idea? Pero yo no quería decírsela porque sabía que se iba a reír. Y entonces me prometió que NO se reiría así que le enseñé mi personaje.

Greg me preguntó qué poderes tenía el Chico Simpático y respondí que tenía AMABILIDAD. Y eso hizo que Greg rompiera su promesa de no reírse.

Greg dijo que un superhéroe tenía que ser RECIO y debían salirle cuchillos de los nudillos y tenía que llevar una chaqueta de cuero negro y decir palabrotas mientras se pelea con los malos.

Pero yo dije que quería que el Chico Simpático fuera un modelo de conducta para los niños, y Greg rompió su promesa por segunda vez.

POM
POM

Le dije a Greg sin rodeos que si no le gustaba mi personaje estaba bien pero no le daría dinero cuando vendiera los derechos de la PELÍCULA. Y de pronto a Greg le interesó mucho el Chico Simpático y dijo que si me hago rico le deberé la mitad del dinero porque había utilizado sus rotuladores y su papel.

Le dije que eso no era cierto y Greg dijo que iba a llamar a su abogado para consultarle. Entonces Greg marcó un número en el teléfono y pude escuchar la mitad de la conversación.

MM MMM. SÍ.
SON MIS ROTULADORES.
¿EL CINCUENTA POR CIENTO?
BIEN JUSTO LO QUE YO
PENSABA.

Entonces Greg colgó el teléfono. Le dije que VOLVIERA a llamar a su abogado porque quería hacerle unas cuantas preguntas.

Pero Greg dijo que yo no podía PAGAR a su
abogado y que tenía que contratar a otro.

Greg dijo que como íbamos a ir a medias
éramos socios en igualdad de condiciones y
teníamos que trabajar JUNTOS. Dije bueno
pero todavía no quiero que el Chico Simpático
diga palabrotas y Greg dijo está bien ya
hablaremos de eso más tarde.

Greg dijo que lo PRIMERO que teníamos que
hacer era proporcionarle al Chico Simpático una
«historia de sus orígenes» para explicar cómo
había obtenido sus poderes. Y me contó cómo
OTROS superhéroes obtuvieron los suyos.

Dije que el Chico Simpático había tenido unos buenos padres que lo habían criado como una persona amable y que decidió luchar por la gente que necesitaba su ayuda.

Pero Greg dijo que esa historia de sus orígenes era HORROROSA. Dijo que tenía que suceder algo EMOCIONANTE, como que al Chico Simpático lo alcanzara un meteorito o lo mordiera algún insecto radiactivo o algo por el estilo.

Dije de acuerdo entonces al Chico Simpático lo alcanza un arcoíris doble y ASÍ ES como obtiene sus poderes.

Greg dijo que eso no tenía SENTIDO pero
tampoco estaba en condiciones de entablar
una discusión sobre los arcoíris así que ya
retomaríamos la historia de los orígenes.

Greg dijo que todo buen superhéroe tiene
una identidad secreta así que teníamos que
inventar una para el Chico Simpático.

Yo dije que podría ser un enfermero en una
clínica de urgencias y cuando sale del trabajo
a las 6:00 de la tarde se transforma y ayuda a
la gente hasta la hora de irse a la cama.

Y nadie conocería su identidad secreta, ni siquiera la enfermera Beck que trabaja con él en la clínica de urgencias.

Greg dijo que había sacado ese nombre de nuestra profesora de matemáticas pero dije qué va. Solo se trata de una casualidad.

Greg dijo que llevábamos mucho tiempo sin decir más que tonterías y que debíamos diseñar un TRAJE para el Chico Simpático.

Dije que me parecía BIEN el traje con que yo lo había dibujado pero Greg dijo que era una estupidez porque todo el mundo podría reconocerlo si lo veía por ahí en su vida normal.

Greg dijo que el Chico SIMPÁTICO necesitaba una máscara, así que hizo un dibujo que me pareció genial. Y también añadió una capa.

Entonces Greg dijo que si el Chico Simpático no tiene poderes reales entonces su TRAJE podría tenerlos. Pero yo dije el Chico Simpático tiene el poder de la AMABILIDAD y sus guantes están acolchados para no hacerles demasiado daño a los malos.

Dije que quería hacer los dibujos y Greg dijo que él se encargaría de los TEXTOS. Así que dibujé una escena en la que el Chico Simpático abandona el trabajo para luchar contra los malos y dejé espacio para que Greg la rellenara con los textos.

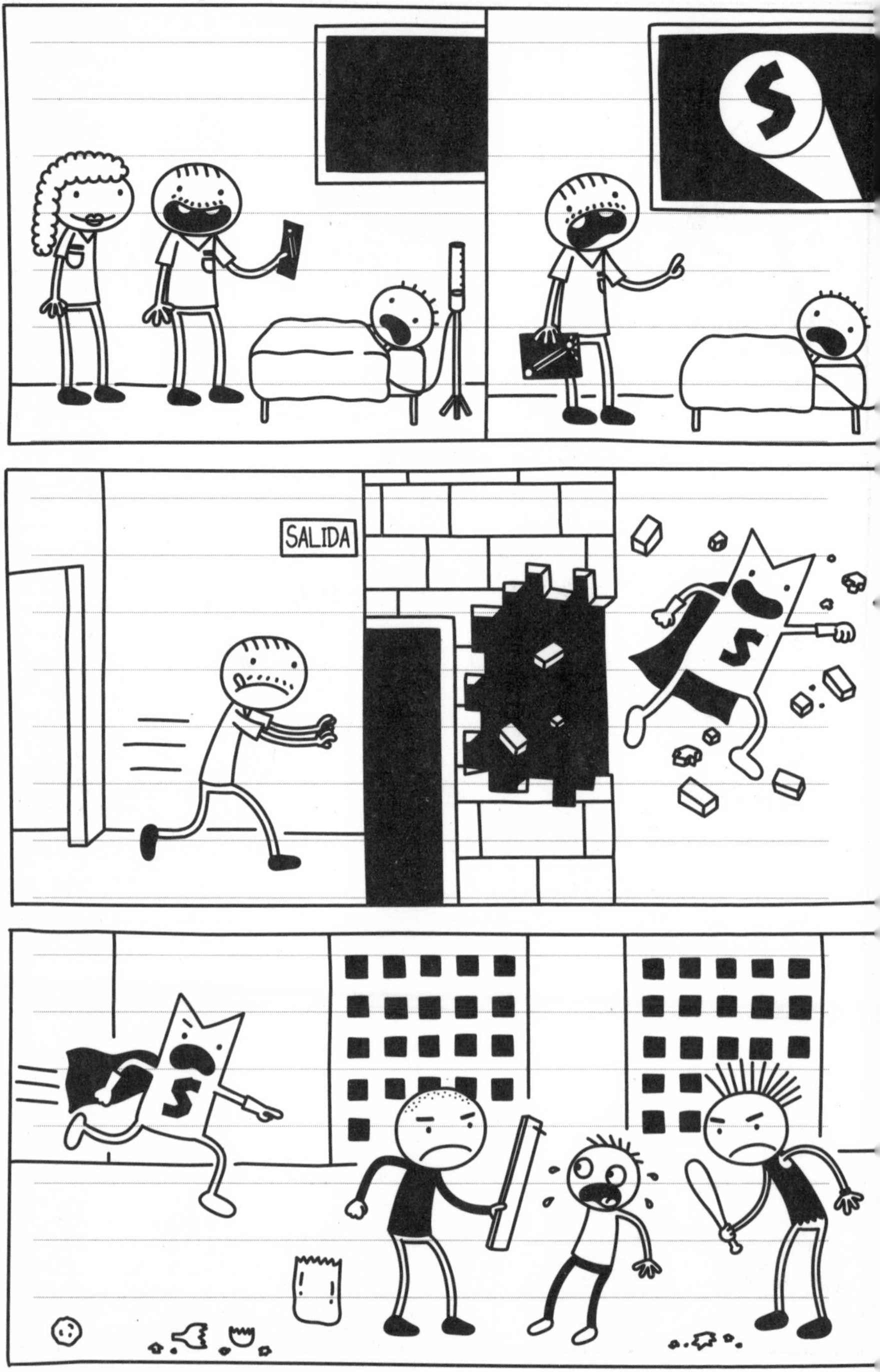
SALIDA

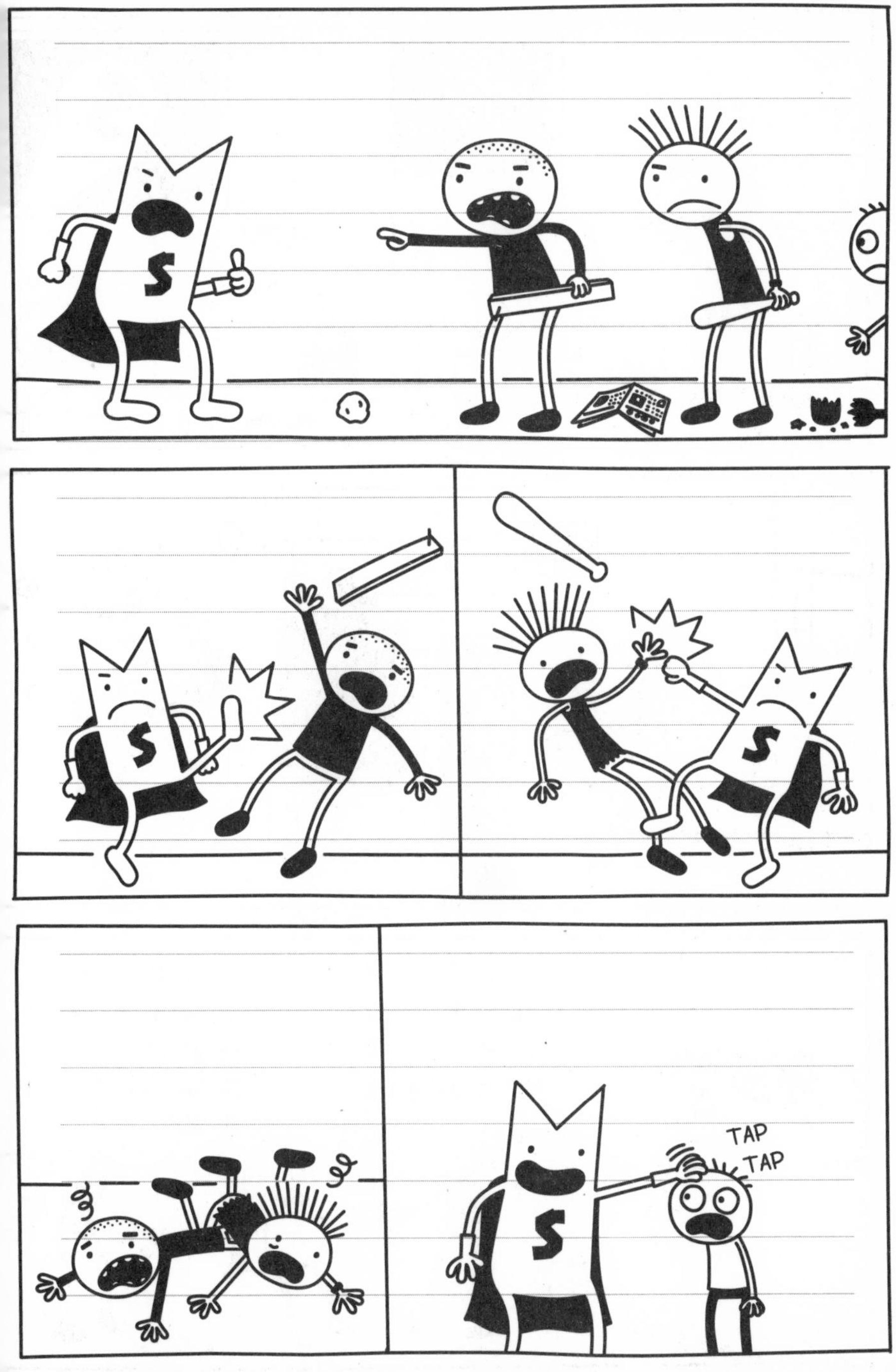
TAP
TAP

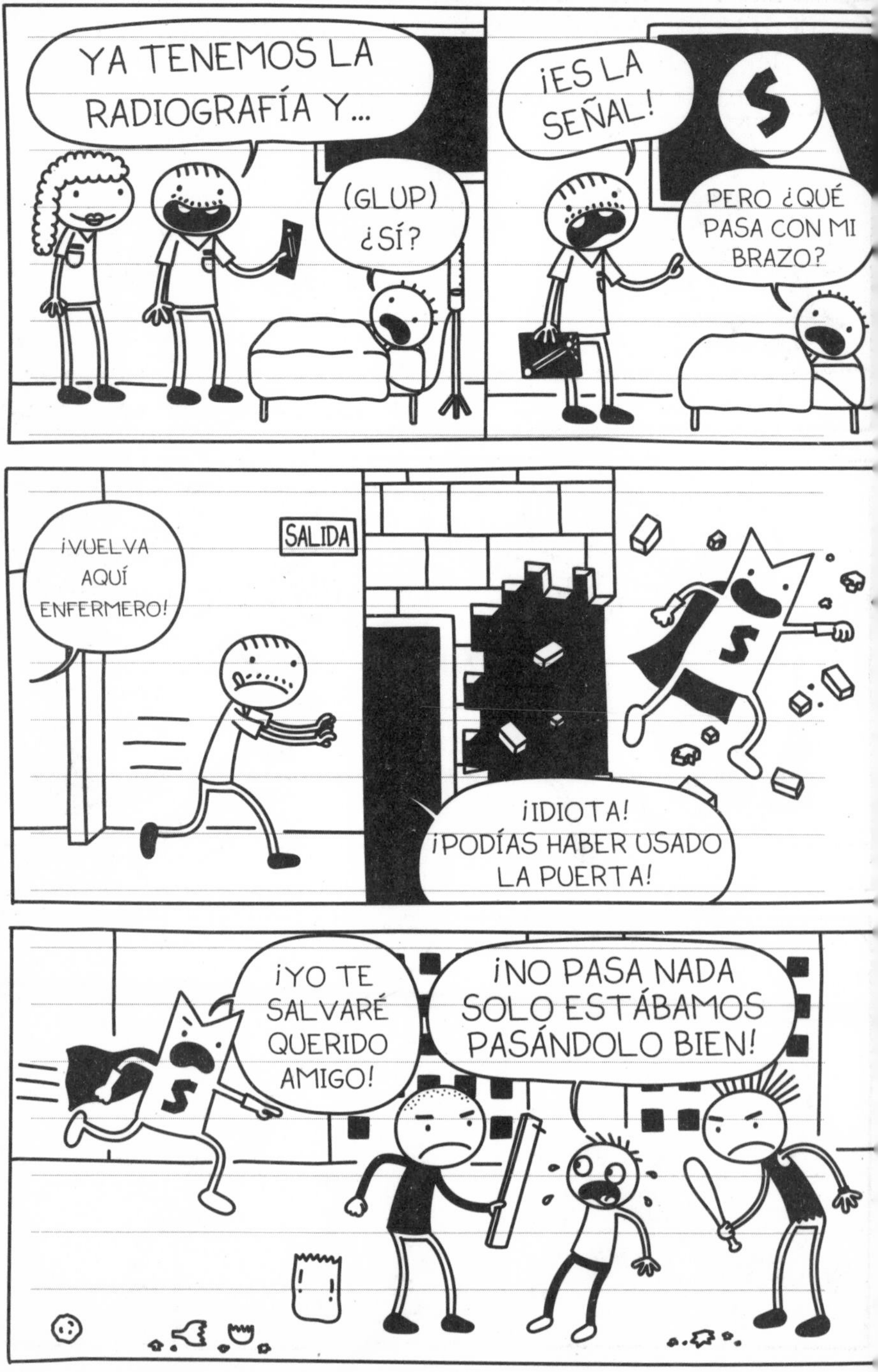
YA TENEMOS LA RADIOGRAFÍA Y...
(GLUP) ¿SÍ?
¡ES LA SEÑAL!
PERO ¿QUÉ PASA CON MI BRAZO?
SALIDA
¡VUELVA AQUÍ ENFERMERO!
¡IDIOTA! ¡PODÍAS HABER USADO LA PUERTA!
¡YO TE SALVARÉ QUERIDO AMIGO!
¡NO PASA NADA SOLO ESTÁBAMOS PASÁNDOLO BIEN!

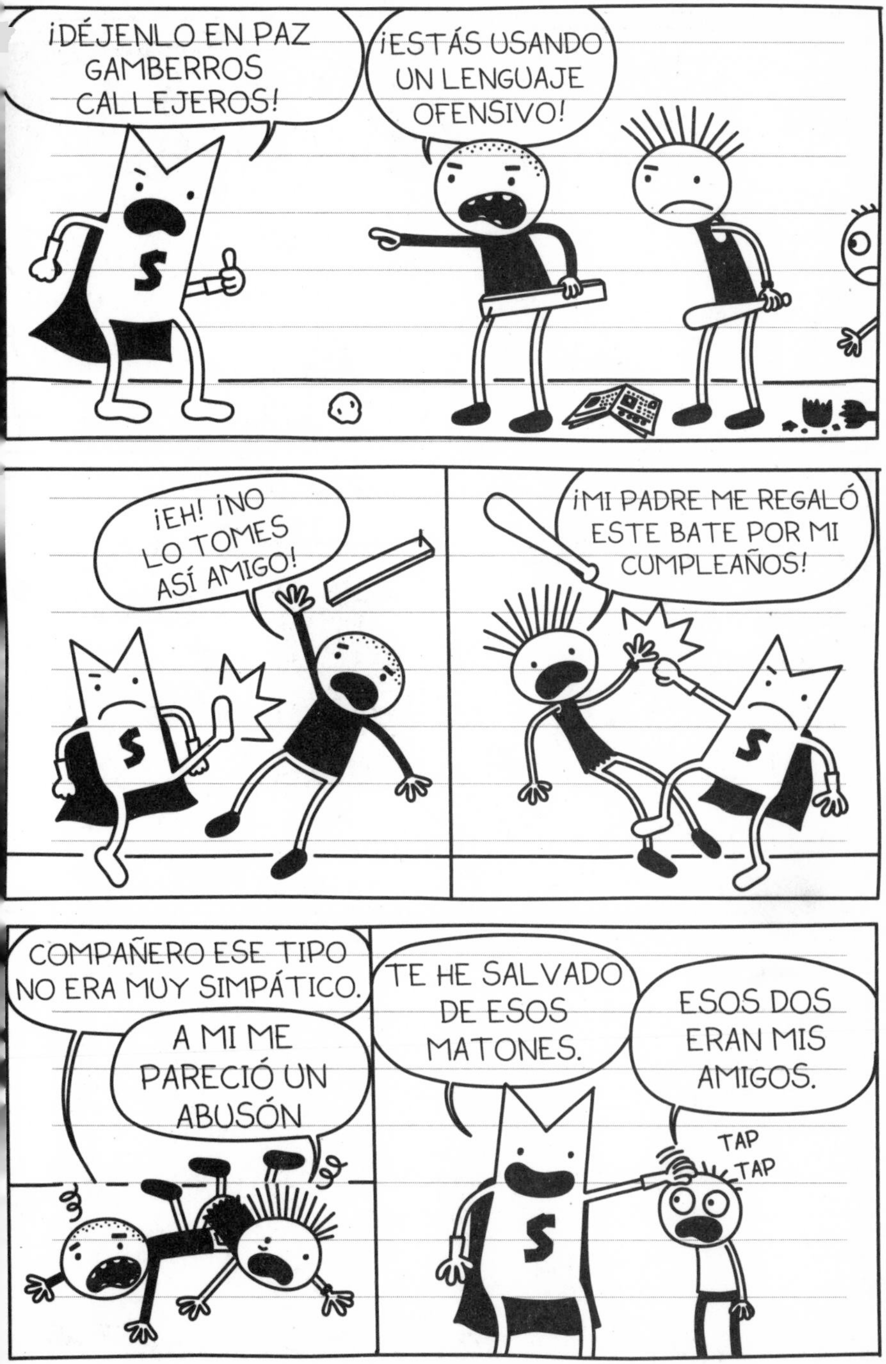

¡DÉJENLO EN PAZ GAMBERROS CALLEJEROS!
¡ESTÁS USANDO UN LENGUAJE OFENSIVO!
¡EH! ¡NO LO TOMES ASÍ AMIGO!
¡MI PADRE ME REGALÓ ESTE BATE POR MI CUMPLEAÑOS!
COMPAÑERO ESE TIPO NO ERA MUY SIMPÁTICO.
A MI ME PARECIÓ UN ABUSÓN
TE HE SALVADO DE ESOS MATONES.
ESOS DOS ERAN MIS AMIGOS.
TAP
TAP

Le dije a Greg que había destrozado mi cómic por completo y que en lo sucesivo yo me encargaría de los dibujos Y de los textos. Entonces Greg dijo que llamaría a su abogado otra vez y yo dije bueno pues HAZLO. Yo no pensaba ceder ni aunque me amenazara con llamar a SANTA CLAUS.

Greg dijo que de todos modos ya no quería escribir para mi estúpido cómic porque mi superhéroe era penoso y dijo que solo iba a escribir cómics del Hombre Intergaláctico y yo dije me parece bien porque mi personaje es mucho MEJOR.

Entonces Greg dijo que si el Hombre Intergaláctico se peleara con el Chico Simpático lo tumbaría en cinco segundos. Y yo dije ¿ah sí? ESO tendremos que verlo. Así que dibujamos una batalla y él dibujó a SU superhéroe y yo dibujé al MÍO.

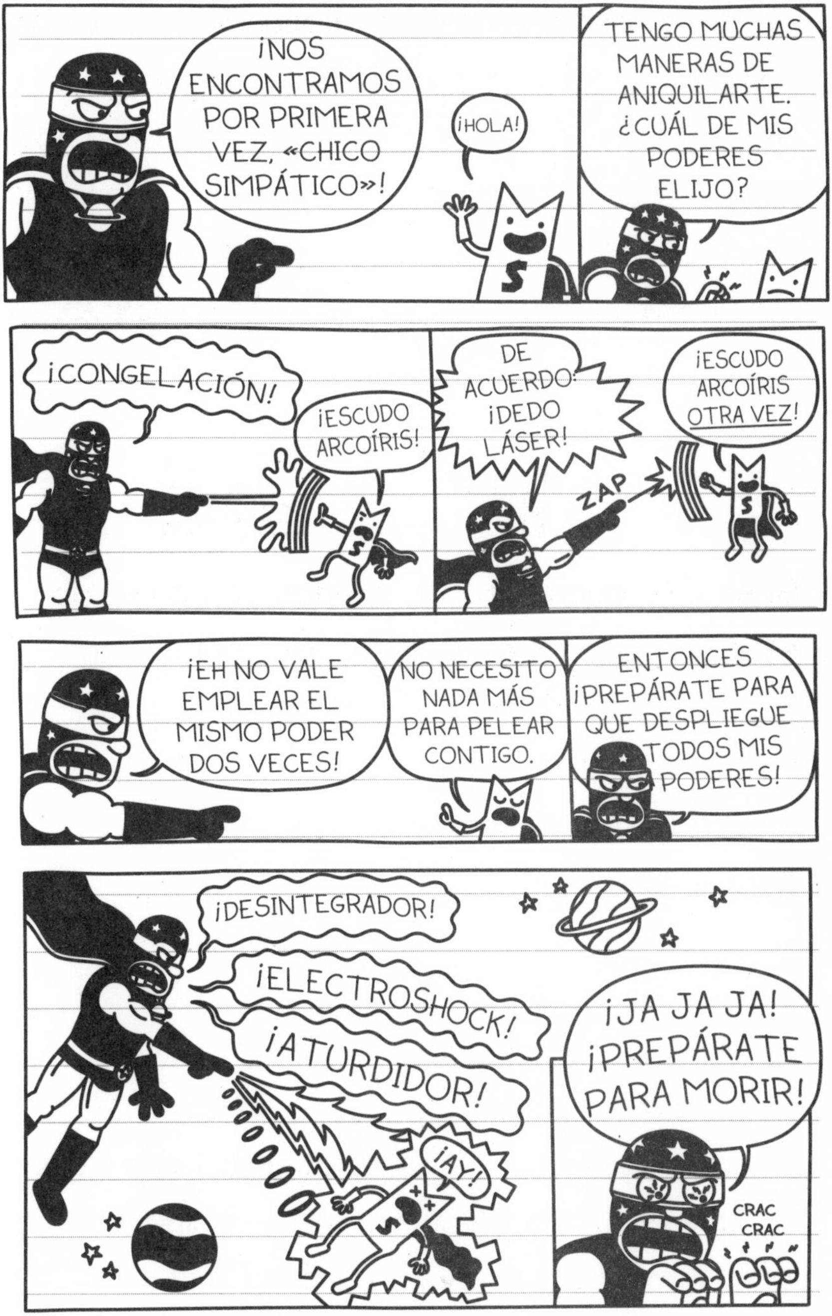
¡NOS ENCONTRAMOS POR PRIMERA VEZ, «CHICO SIMPÁTICO»!
¡HOLA!
TENGO MUCHAS MANERAS DE ANIQUILARTE. ¿CUÁL DE MIS PODERES ELIJO?
¡CONGELACIÓN!
¡ESCUDO ARCOÍRIS!
DE ACUERDO: ¡DEDO LÁSER!
ZAP
¡ESCUDO ARCOÍRIS OTRA VEZ!
¡EH NO VALE EMPLEAR EL MISMO PODER DOS VECES!
NO NECESITO NADA MÁS PARA PELEAR CONTIGO.
ENTONCES ¡PREPÁRATE PARA QUE DESPLIEGUE TODOS MIS PODERES!
¡DESINTEGRADOR!
¡ELECTROSHOCK!
¡ATURDIDOR!
¡AY!
¡JA JA JA! ¡PREPÁRATE PARA MORIR!
CRAC
CRAC

Supongo que me pasé un poco con el último dibujo porque después de hacerlo Greg me dijo que ya iba siendo hora de volver a casa.

Puede que la próxima vez no haga que el Chico Simpático emplee A TOPE sus poderes contra sus enemigos: no quisiera que sus padres o la enfermera Beck se disgusten con él.

CUANDO GREG Y YO PASAMOS
JUNTOS DOS NOCHES SEGUIDAS

Bueno ya lo habrán deducido por el título
de este capítulo, pero en esta ocasión Greg
y yo pasamos juntos TODO UN FIN DE
SEMANA. Deben de pensar que lo pasamos
de maravilla y querrán enterarse de las
locuras que hicimos, pero ¿saben qué? No
fue NADA divertido.

Si me quedé a dormir en casa de Greg fue
porque mi abuelita se había puesto enferma
y mis padres y yo íbamos a hacerle una visita
pero entonces la señora Heffley dijo:

¿POR QUÉ NO VAN USTEDES
DOS Y NOSOTROS CUIDAMOS
DE ROWLEY DURANTE EL
FIN DE SEMANA?

Cuando mi mamá dio el visto bueno, Greg y yo nos ENTUSIASMAMOS porque nunca habíamos pasado dos noches juntos. Pero debería haber esperado hasta más tarde para celebrar por el asunto de mi abuelita.

El viernes mi mamá hizo mi equipaje para el fin de semana y puso un juego extra de ropa interior «por si acaso».

Añadió un retrato de ella y de mi papá para que lo mirara si los extrañaba en su ausencia.

Eso de quedarme a dormir el fin de semana en casa de Greg no fue muy divertido pero empezó bien. Nos entretuvimos con los videojuegos en el sótano y comimos de todo. Le gastamos bromas telefónicas a Scotty Douglas y él sopló el silbato que tenía junto al teléfono para cuando le hacemos eso.

DISCULPE SEÑOR SU NEVERA MARCHA MUY BIEN Y DEBERÍA USTED TRATAR DE ALCANZARLA.

PííííííííííÍ

La señora Douglas llamó a la señora Heffley
para contarle que nos estábamos burlando de
Scotty. La señora Heffley nos dijo que eso
era «acoso» y me sentí avergonzado.

A eso de las 9:00 la señora Heffley dijo que ya era
hora de ir a la cama y subió las escaleras.

Yo estaba muy cansado pero Greg dijo que
había tenido una idea. Hay un chico en nuestra
calle, Joseph O'Rourke, que tiene un trampolín
pero nunca permite que nadie lo use. Greg
dijo que podíamos ir a hurtadillas y saltar en el
trampolín mientras Joe dormía.

Bueno a mí no me hacía tanta ilusión la
idea de escabullirnos pero Greg dijo que si
iba a portarme como un bebé subiera a la
habitación de Manny y durmiera ALLÍ.

Le dije que no era un bebé y Greg dijo «sí que lo eres» y yo dije «no lo soy». Entonces él dijo «sí que lo eres POR INFINITO» pero yo estaba preparado para responderle y dije «no lo soy por infinito AL CUADRADO».

Y pensé que Greg se daría por vencido, pero me pilló cuando dijo «sí que lo eres por infinito al cuadrado más UNO».

Así que nos escapamos por la puerta trasera y yo seguí a Greg hasta la casa de Joe. Afuera hacía un frío que pelaba y lo único que llevaba puesto era mi pijama, pero no quería quejarme porque entonces Greg volvería a llamarme bebé.

Por supuesto que todas las luces de la casa de los O'Rourke estaban apagadas así que era nuestra gran oportunidad para usar la cama elástica de Joe. Greg dijo que no podíamos hacer ruido y entonces se subió y brincó y brincó en silencio total.

Luego llegó MI turno. Era mi primera vez sobre una cama elástica y resultó TAN divertido que me olvidé enseguida de ser silencioso.

¡YUJUUU!

Se encendieron luces en el interior de la casa de los O'Rourke y su perro empezó a ladrar y Greg se marchó sin esperarme. Yo quise correr TAMBIÉN pero no es tan fácil detener los saltos cuando estás en un trampolín.

Cuando por fin me detuve corrí a casa de los Heffley y me dirigí directo a la puerta del sótano.

Pero supongo que Greg quería darme una lección por hacer demasiado ruido en el jardín de los O'Rourke porque no me dejó entrar.

Traté de decirle a Greg que me estaba congelando pero no creo que comprendiera realmente lo que yo trataba de decirle.

Pensé que me dejaría afuera toda la NOCHE así que di una vuelta a la casa para comprobar si la puerta principal estaba cerrada con llave.

Pero sí lo ESTABA y empecé a entrar en pánico.

Lo bueno es que alguien acudió sin demora a abrir la puerta. Lo malo es que se trataba del señor Heffley.

El señor Heffley nos dijo que recogiéramos
nuestras cosas del sótano y que subiéramos
a la habitación de Greg para poder vigilarnos
mejor.

Después la señora Heffley fue a la habitación
de Greg y dijo que estaba disgustada con
nosotros por habernos escapado y volví a
sentirme avergonzado. Pero creo que Greg
se mete en MUCHOS problemas porque él no
parecía tan avergonzado.

En cuanto la señora Heffley se fue a la cama, Greg me llamó estúpido por hacer tanto ruido en casa de los O'Rourke y SUPERESTÚPIDO por llamar al timbre. Yo dije que lo sentía por haber soltado ese «yujuuu» en la cama elástica pero que lo del timbre había sido culpa suya.

Entonces Greg me pegó con su almohada y yo le DEVOLVÍ el golpe pero supongo que hicimos demasiado ruido y entonces tuve que ver al señor Heffley en calzoncillos por segunda vez en una noche.

ZAS

El señor Heffley le dijo a Greg que se fuera a dormir a la habitación de Manny y entonces solo pude pensar ¿y AHORA quién es el bebé?

A la mañana siguiente la señora Heffley me despertó y dijo que el desayuno ya estaba preparado en el piso de abajo.

Greg estaba en el baño cepillándose los dientes y me dijo que esperaba que yo hubiera traído mi propia pasta de dientes porque si quería usar la suya tendría que pagar porque estaba en su casa.

Le dije que HABÍA traído mi propia pasta de dientes y entonces dijo que tendría que pagar por el agua que usara para cepillarme los dientes.

Dije que no pensaba pagar por el agua
porque yo era el invitado y se supone que los
invitados disfrutan de un trato ESPECIAL.

Pero él dijo que si yo no iba a pagar lo
que debía no podría tomar el desayuno ni
tampoco ninguna otra comida.

Yo estaba en plan sí claro no me digas
y entonces dijo que estaba usando su
electricidad y apagó la luz y me dejó a oscuras.

CLIC

Cuando bajé le conté a la señora Heffley
todas las cosas que Greg me había dicho en
el piso de arriba y ella dijo que tenía RAZÓN
respecto a que los invitados son especiales.

Luego me permitió escoger qué panqueques deseaba tomar antes de que Greg se sirviera.

Después del desayuno la señora Heffley dijo que el día anterior habíamos pasado demasiado tiempo delante de la pantalla y que debíamos inventar algo que hacer hasta el almuerzo.

Greg estaba de mal humor así que decidí animarlo con un chiste en el que llaman a la puerta. Pero él no me respondía «¿Quién es?» a pesar de que lo intenté varias veces.

Le dije a Greg que iba a subir las escaleras y contarle a su mamá que no estaba diciendo «¿Quién es?». Y entonces sí me respondió.

Yo pregunté «¿Qué hacen los elefantes por la noche?». Pero Greg dijo que no se supone que los chistes en los que laman a la puerta deban consistir en preguntas y yo dije que sí que se supone.

Entonces dijo que yo era un estúpido y yo dije que le iba a contar ESO a su mamá. Y Greg dijo adelante cuéntaselo y eso HICE.

Así que la señora Heffley bajó y le dijo a Greg
que no podía llamarme ni estúpido ni imbécil
ni ninguna otra grosería.

Pero cuando ella se fue, Greg dijo que tenía
un nuevo apodo para mí. Al principio pensé
que sería algo positivo pero entonces
comprendí lo que quería DECIR.

Le dije a Greg que iba a decírselo OTRA VEZ
a su mamá pero entonces Greg dijo que era
el Día de los Contrarios de manera que todo
significaba lo contrario de lo habitual.

«ERES MUY LISTO».

Bien yo sabía lo que él quería EXPRESAR
así que fui y se lo conté a la señora Heffley.
Pero al principio ella no se enojó porque no
sabía lo que era el Día de los Contrarios.

Se lo expliqué todo y la señora Heffley obligó a Greg a disculparse. Pero creo que Greg todavía hablaba en sentido contrario.

«LO SIENTO».

La señora Heffley nos dijo que a veces los amigos pierden la paciencia el uno con el otro pero que pensáramos en que aún nos quedaba un día entero juntos.

Dijo que tal vez deberíamos estar separados durante algún tiempo y yo pensé que se trataba de una GRAN idea. Así que pasé un rato jugando con Manny en su habitación.

Aunque disfrutaba con Manny extrañaba a mi mamá y a mi papá y miraba su retrato siempre que podía.

Volví a ver a Greg en el almuerzo. La señora Heffley hizo unos sándwiches de mantequilla de maní con mermelada y hasta se acordó de cortar las cortezas del mío.

Después de terminar los sándwiches nos dio galletas con trocitos de chocolate de postre. A Greg le dio una pero a mí me dio DOS porque dijo que yo era el invitado y los invitados son ESPECIALES.

Me comí una de mis galletas pero hice un escudo con mis brazos para proteger la otra galleta. Algunas veces si tengo algo que Greg desea él le pasa la lengua para que a mí me dé asco y se lo deje a él.

Eso fue lo que hizo el último Halloween
cuando me dieron más dulces que a él.

Pero Greg dijo que estaba lleno y que ni
siquiera QUERÍA mi galleta. Dijo que mientras
yo jugaba con Manny él se había leído un libro
sobre magia y quería enseñarme un truco. Me
gusta mucho la magia así que le dije que bueno.

En primer lugar Greg me dijo que pusiera los
dedos sobre el borde de la mesa de manera que
estuvieran así de juntos:

A continuación Greg tomó mi vaso de leche
y me lo puso encima de los dedos.

Le pregunté cuándo llegaría la parte
mágica y él dijo que YA estaba sucediendo
porque no podía moverme. Bueno tenía
razón porque si lo hacía, el vaso de leche se
derramaría. Y el señor Heffley se enfada
mucho cuando derramo cosas en su casa.

Greg dijo que EN REALIDAD ahora venía la
parte mágica y cogió mi galleta y se la comió.

ÑAM
ÑAM

Después de eso, Greg subió las escaleras pero yo me quedé inmovilizado en la mesa de la cocina. Y allí seguía media hora después cuando la señora Heffley volvió a la cocina.

Le conté lo que Greg había hecho y ella se enojó mucho pero no por lo del truco de magia. Lo que indignaba a la señora Heffley es que Greg se hubiera comido sin permiso algo que me pertenecía.

Fuimos a la habitación de Greg y entonces
la señora Heffley me dijo que escogiera
algo de Greg para llevármelo a casa y así
estaríamos en paz.

Bueno Greg tenía un MONTÓN de buenos
juguetes con los que nunca me permitía jugar
así que era realmente difícil escoger. Pero cada
vez que yo me acercaba a uno de sus favoritos
me hacía saber que no debería escogerlo.

Escogí una figura de acción que era un
caballero al que le faltaba un brazo y a Greg
le pareció bien.

Pero en cuanto la señora Heffley se marchó
de la habitación Greg me dijo que jugara con
mi caballero mutilado mientras él jugaba
con todos sus fantásticos juguetes.

Eso me molestó y quise DEVOLVERLE la jugada a Greg. Así que fingí que me estaba divirtiendo con mi juguete.

¡TRA LA RA LA LA LA RA QUÉ DIVERTIDO TRA RA LA LA LA LA!

Bueno el truco FUNCIONÓ y Greg me dijo que le devolviera el juguete. Yo dije ni loco y él dijo que iba a esperar a que me durmiera y entonces ÉL MISMO lo recuperaría.

Le dije que me guardaría el caballero dentro de los calzoncillos y que le resultaría imposible cogerlo. La idea no le hizo ninguna gracia.

Entonces Greg dijo que estaba dispuesto
a hacer un TRUEQUE con la figurita del
caballero y le pregunté qué me daría a cambio.
Greg dijo que me daría noventa y nueve
dólares por el caballero y me pareció bien.

Greg sacó un calcetín apestoso de su cesta
de ropa sucia y trató de hacérmelo oler.

Me pregunté a qué venía eso. Y Greg dijo que
era el primero de los noventa y nueve «olores».

Dije que quería noventa y nueve DÓLARES y no noventa y nueve OLORES. Pero Greg dijo que un trato es un trato y quiso hacerme oler otro calcetín. Ese era el segundo de los olores.

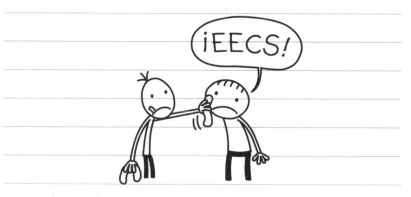

Cuando le dije a Greg que volvería a contárselo a su mamá, dijo que me cambiaría su dragón de Lego por mi caballero y dije que SÍ porque aquel dragón era mucho mejor que un caballero sin brazo.

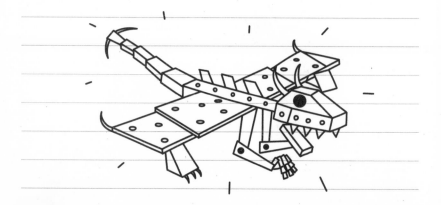

Pero cuando le di a Greg mi caballero él
no me entregó el dragón porque según él
debería haber recordado que aún era el Día
de los Contrarios.

Bueno esa fue la gota que colmó la copa
de mi paciencia y traté de arrebatarle el
dragón a Greg. Pero no sé cómo se resbaló
y cayó en el suelo y se rompió en mil pedazos.

CATACLAC   CATACLAC

Debimos de haber hecho ruido porque lo
siguiente que supimos fue que la mamá
de Greg había vuelto a la habitación. Dijo que
tendría que separarnos durante el resto
de la noche cosa que ME pareció bien.

La señora Heffley dijo que cada uno ocupara
media habitación y que nos quedáramos en
nuestro lado. Así que me preguntó qué lado
quería y yo escogí el lado de la CAMA lo cual
contrarió mucho a Greg.

Cuando la señora Heffley se fue, Greg dijo
que estaba conectando un campo de fuerza
invisible entre nuestros dos lados.

Entonces dijo que si alguien lo cruzaba
quedaría fulminado.

Greg dijo que le parecía bien que yo tuviera el lado
de la cama porque él podía dormir en el colchón
hinchable y que las mejores cosas estaban en
SU lado de la habitación. Y cuando estiré el
brazo sobre el lado de Greg para alcanzar mi
caballero, por supuesto fui fulminado.

Abrí el cajón de la mesita de noche que estaba junto a la cama de Greg para ver si tenía algún cómic que pudiera leer. Bien no había cómics pero ahí dentro Greg tenía un antiguo videojuego portátil.

Así que jugué con él y Greg no pudo hacer nada por culpa del campo de fuerza.

Pero Greg dijo que podía jugar con los videojuegos yo solo como un nerdo porque él estaba celebrando una fiesta loca en SU lado de la habitación y no me había invitado. Y me puse algo envidioso porque su fiesta parecía muy divertida.

Dije bien yo también estoy celebrando una fiesta en MI lado y era todavía más loca que SU fiesta y la música era muy buena. Greg dijo que ni se me ocurriera copiarle su idea pero aún pienso que tenía envidia de mi fiesta.

Entonces Greg dijo que el enchufe de los altavoces de mi fiesta estaba en SU lado de la habitación así que los desconectó para dejarme sin música.

Greg regresó a su fiesta y yo traté de decirle que volviera a enchufar mis altavoces pero Greg no podía oírme porque la música de su fiesta estaba demasiado alta.

Pero esta vez fue EL SEÑOR HEFFLEY
quien entró a la habitación y Greg no se dio
cuenta de que estaba junto a la puerta.

El señor Heffley dijo que no quería volver a
llamarnos la atención y entonces se marchó.
Estuvimos en silencio durante un buen rato pero
luego Greg intentó hacerme reír y casi lo
consiguió.

De algún modo prefería que tuviéramos que estar callados porque me estaba entrando sueño y quería irme a dormir.

Le dije a Greg que necesitaba lavarme los dientes y me dijo no se puede porque el campo de fuerza seguía activado y yo estaba atrapado en mi mitad de la habitación para toda la noche.

Así que le pregunté si podía desconectar el campo de fuerza un ratito para lavarme los dientes pero él dijo que una vez activado el campo de fuerza se queda así hasta la mañana siguiente.

Y luego Greg fue al baño para LAVARSE los dientes y regresó a la habitación.

¡MENTOLADO!

Entonces recordé que todas las noches
tengo que hacer pis antes de irme a la cama
para evitar accidentes.

Pero Greg dijo que tendría que aguantarme
hasta el día siguiente. Dije que no podría
RESISTIR hasta el día siguiente y Greg dijo
que ese no era su problema.

Le dije a Greg que si no desconectaba el
campo de fuerza haría pis en la taza de
Chewbacca que había sobre la mesita junto a
la cama de Greg. Entonces me dijo que tenía
un cuchillo invisible especial que era capaz de
cortar el campo de fuerza.

Greg me enseñó cómo funcionaba el cuchillo recortando un cuadrado del campo de fuerza cerca de la mesita donde se encontraba la taza.

Entonces en un segundo tomó la taza a través del agujero.

Le pedí a Greg que cortara en el campo de fuerza un agujero de mi tamaño para que yo pudiera pasar a través de él y usar el baño.

Pero Greg dijo que el cuchillo funcionaba con unas pilas invisibles que se habían agotado cuando hizo SU agujero y que yo tenía muy mala suerte.

Entonces Greg empezó a mencionar toda clase de cosas que me hicieron tener muchas ganas de ir al baño.

Al final Greg se cansó y se quedó dormido. Pensé pasar junto a él a hurtadillas pero me preocupaba que solo estuviera fingiendo dormir y yo resultara fulminado.

Un rato después yo también me quedé dormido. Pero me desperté a eso de las seis de la mañana sintiendo que iba a REVENTAR.

Ya no me importaba el campo de fuerza pero me preocupaba despertar al señor Heffley si utilizaba el baño. De todas formas debería haber utilizado el baño porque el señor Heffley ya se había levantado.

PSSSSSS

Por suerte el señor Heffley no miró hacia arriba a tiempo para verme en la ventana y cuando entró en la habitación yo ya había vuelto a la cama.

Al cabo de un rato me quedé dormido de nuevo y me levanté cuando la señora Heffley dijo que era hora de desayunar.

Después del desayuno me dispuse a recoger mi caballero de la habitación de Greg pero no encontré el juguete por NINGUNA PARTE.

Greg dijo que no sabía qué le había sucedido, pero la señora Heffley le dijo que tenía que ayudarme a buscarlo.

Así que los dos buscamos por toda la
habitación pero Greg no fue de mucha ayuda.

Imagino que la señora Heffley sospechó
que Greg había escondido el caballero en
algún sitio porque le dijo que si no me
lo entregaba en dos minutos tendría un
problema gordo.

Greg dijo que necesitaba ir al baño y que en
cuanto acabara seguiría con la búsqueda del
caballero. Pero cuando entró allí me di cuenta
de que tenía algo en la mano.

Greg se encerró en el baño y la señora
Heffley le dijo que saliera enseguida de allí.
Pero entonces Greg tiró de la cadena y
cuando abrió la puerta ya no tenía nada en
la mano.

La señora Heffley obligó a Greg a darme
TRES juguetes y esta vez escogí unos que
NO ESTABAN rotos.

Mi mamá y mi papá llegaron a recogerme
justo antes del almuerzo y me puse
contentísimo de verlos. Posdata: si quieren
saber la respuesta al chiste en el que llaman a la
puerta, es «Los elefantes ven la elevisión».

LAS AVENTURAS DE
GREG Y ROWLEY

Casi he terminado de poner al día la vida de Greg así que hoy le he enseñado lo que llevaba escrito hasta el momento. Pensaba que le gustaría pero se ENOJÓ muchísimo.

Greg dijo que se suponía que este libro trataría de ÉL y no de MÍ. Le dije que era difícil escribir solo acerca de ÉL porque la mayor parte del tiempo hacemos cosas JUNTOS.

Dijo que tenía que retroceder y eliminar todo el material del libro en que apareciera yo. Le dije que eso sería una estupidez porque entonces el libro ocuparía tan solo una página.

Dije que tal vez deberíamos cambiar el título por «LAS AVENTURAS DE GREG Y ROWLEY» y podría ser NUESTRA biografía.

Dije que puesto que hay un montón de material de terror en este libro lo podríamos incluir en una colección en la que dos amigos se dedican a solucionar misterios. Podríamos ganar un montón de dinero y AMBOS nos haríamos ricos.

Greg dijo que esa era la idea más estúpida que había oído en su vida.

Dijo que este libro trata acerca de SU vida y que si quisiera él podría cambiar el nombre de su mejor amigo a "Rupert" y entonces ya no me debería NADA. Añadió que podría hacer que Rupert pareciera un bobo al que se le cae la baba.

Después me dijo que de todos modos el libro olía raro y cuando me lo acerqué a la nariz para comprobar su olor me lo empotró en la cara.

Así que le pregunté eh ¿a qué ha venido
ESO? Y Greg dijo que eso era por haberlo
dejado caer en aquel charco.

Entonces dijo que me la devolvería cuando
menos me lo esperara y supongo que en
ESO tenía razón.

Pero yo estaba furioso y le pegué con su
biografía.

ZAS

Bien supongo que Greg tampoco se esperaba
ESO porque perdió el equilibrio y se cayó en
un enorme charco.

Y ahora estoy arriba en mi habitación
esperando a que la mamá de Greg lo llame
para que se vaya a su casa a dormir
porque ya se ha saltado la cena.

Me alegra que todo eso haya ocurrido hoy
porque así he podido escribir un nuevo capítulo de
nuestra biografía. Estoy seguro de que mañana
seremos amigos otra vez y tendremos un
montón de nuevas aventuras que escribiré aquí.

Y si seguimos con mi idea de las historias de terror venderemos un millón de ejemplares.

LAS **ESPELUZNANTES**
AVENTURAS
DE
GREG + ROWLEY

Pero si Greg cambia mi nombre a Rupert, yo solo digo para que conste en acta que él también se hizo pis la primera vez que dormimos juntos.

De acuerdo ahora vuelvo a ser YO

Bien si a Greg no le gusta su biografía entonces puedo volver a usar este diario para escribir sobre MÍ MISMO.

Así que ahora vuelvo a ser oficialmente el protagonista de este libro. Y a partir de ahora esto va a tratar acerca de mí y de mi mamá y de mi papá y también podría mencionar una vez más a la señora Beck si queda suficiente espacio.

Hablando de mi mamá y de mi papá, los dos fueron a mi habitación después de mi última pelea con Greg para hablar del asunto.

ROWLEY TAL VEZ SEA HORA DE QUE BUSQUES NUEVOS AMIGOS.

Pero a decir verdad no creo que pueda buscar nuevos amigos porque Greg ya me ocupa mucho tiempo.

Sé que Greg y yo no siempre nos llevamos bien pero como dijo la señora Heffley, a veces los amigos pierden la paciencia el uno con el otro.

Greg y yo nos hacemos perder la paciencia muy A MENUDO así que supongo que eso demuestra que somos

MEJORES

PLAS

AMIGOS

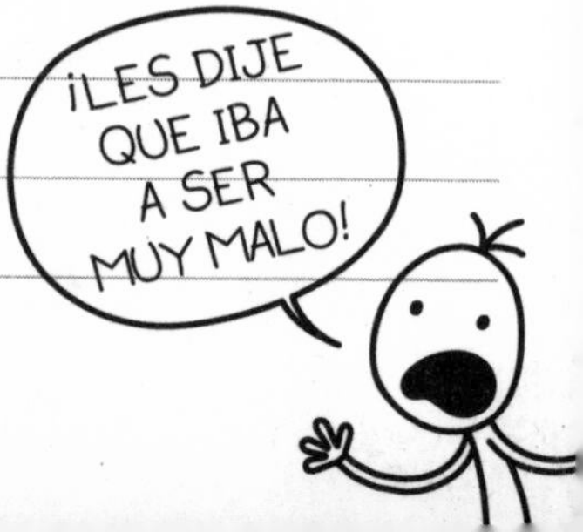
¡LES DIJE QUE IBA A SER MUY MALO!

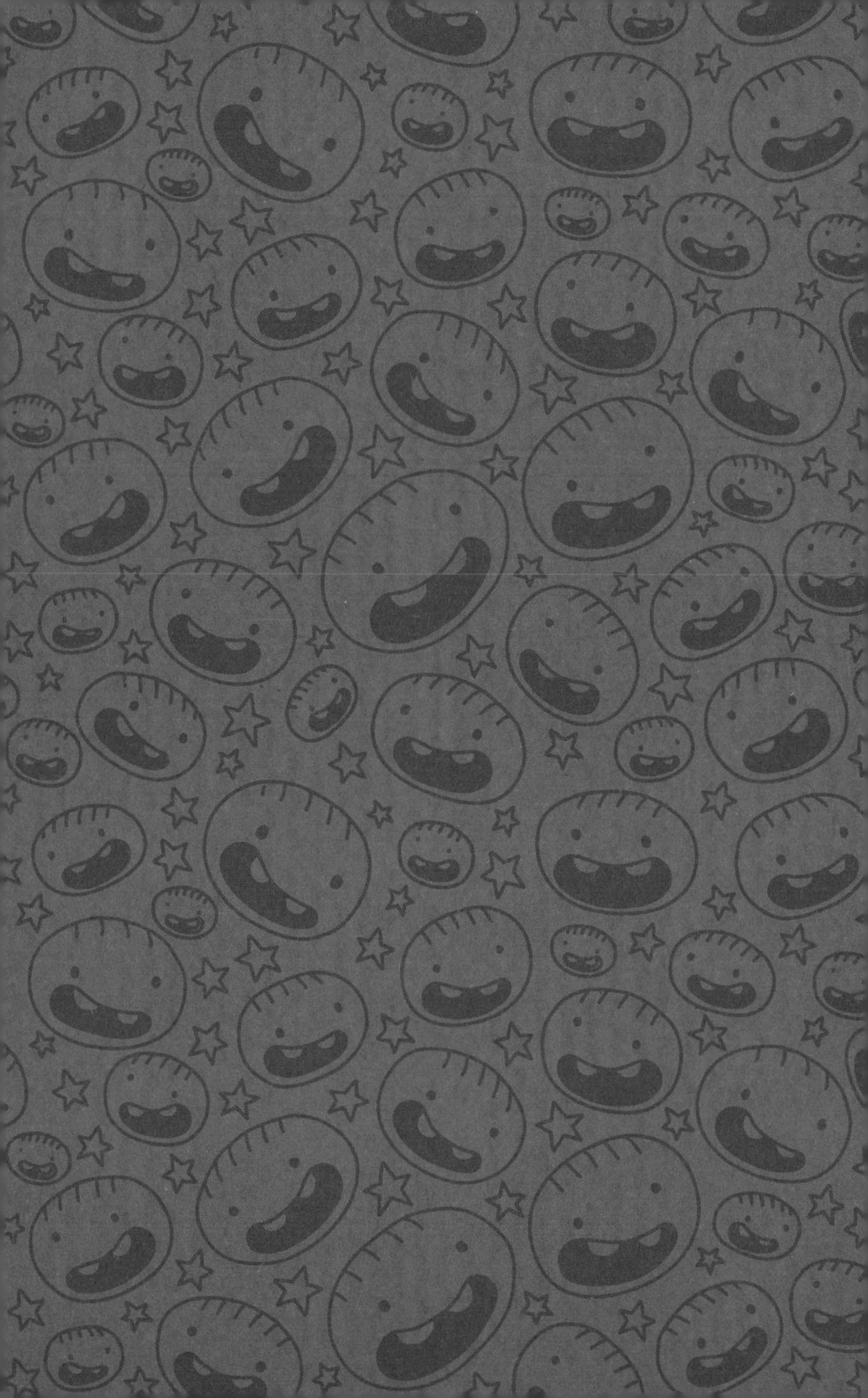